KB185288

선 희

# 선 희

황민구 · 이도연

# 차 례

# 1

— 그만하자.

대아는 고개를 뒤로 늘어트리고 하늘을 보며 중얼거렸다. 오늘따라 파란 하늘과 비현실적인 구름은 마치 정교한 그림 같다. 당장 일을 그만둘 수는 없겠지만, 그냥 하는 말은 아니었다. 방송 촬영, 대학 강의, 그리고 밀린 상담과 재판까지. 이미 일 년 치 스케줄이 꽉 찬 상황이다. 이렇게 바빠지길 바란 건 아닌데….

유명해지려고 법 영상 분석을 직업으로 삼은 건 아니었다. 대학 때 취미로 사진 동아리에서 사진을 배웠다. 그러면서 자연스레 사진과 영상 정보를 읽는 방법, 그리고 원본의 훼손에 대해 관심을 가졌다. 하나에 꽂히면 집요하리만치 파고드는 성격 덕이라면 덕일까. 사진이나 영상 증거로 사건의 진실을 찾아내면 어떨까 하는 생각까지 하게 됐다. 일이 이렇게 커질 줄은 꿈에도 몰랐다. 이후로 수년 동안 영상 분석을 위한 알고리즘을 개발하고, 논문에 몰두하며 지냈다. 그러다 보니 어느새 법 영상 분석이 국내에 자리를 잡았고, 사람들에게 이 학문을 신뢰하게 만든 장본인이 되어 있었다. 여러모로 어깨가 무겁지만, 오늘은 정말 재판이고 뭐고 다 모르겠고, 집에 가서 두 다리 뻗고 잠이나 좀 잤으면.

그만할 때가 됐어. 대아는 속으로 다시 한번 곱씹고 입술을 털 듯 숨을 '푸우' 하고 내뱉었다. 숨을 이렇게 많이 뱉어 냈는데도 마음이 전혀 가벼워지지 않았다. 무거운 발을 겨우 떼어 내 법원으로 향했다.

오늘 재판은 민사 재판[1]이다. 원고와 피고, 양측 변호사가 자신의 의뢰인을 변호한다. 원고 측이 피고인 정 씨에게 절도에 대한 손해 배상 소송을 신청했고, 정 씨는 억울하다는 입장이다. 대아는 피고인 정 씨 측 감정 증인으로 재판 5분 전, 법정으로 들어갔다.

---

1 민사 재판: 개인과 개인 사이 권리와 의무에 관한 갈등을 해결하기 위한 재판. 민사 재판에는 검사가 없고, 원고와 피고 모두 변호인을 선임할 수 있다.
형사 재판: 범죄자가 행한 범죄에 대해 범죄의 유무를 가리고 형벌을 부과하는 재판. 검사가 공소를 제기하며 시작한다.

재판정의 한가운데, 판사가 권위 있는 단상에 앉아 재판을 준비하고, 좌우로는 원고와 피고가 변호인과 함께 앉아 있다. 대아는 방청석에 조용히 앉았다. 밥 먹듯이 오는 재판정이지만 올 때마다 시리도록 차갑다. 이곳은 한여름에도 서늘함이 가득하다. 따뜻한 정, 훈훈한 인간미, 뜨거운 유대 같은 건 있을 수 없는 곳이라 그럴까.

대아는 오늘 증인 출석이 영 내키지 않았다. 출석 하루 전, 원고 측에서 엉터리 증인을 신청했다는 연락을 받았기 때문이다. 잘 짜맞춘 연극판에 허수아비로 초대된 기분이랄까? 얼마 지나지 않아 50대 영상 분석관인 최진수와 국립과학수사연구원의 디지털 분석팀 영상 분석관 김수경이 대아의 옆자리에 앉았다. 오늘의 연극판 배우들이다.

오늘처럼 원고와 피고 모두 영상 분석관을 증인으로 세우는 경우는 드물다. 양측 모두 자기가 전문가라 우기고, 같은 영상을 보고 다른 의견을 내니 증언의 힘이 약해지는 건 당연지사다. 게다가 원고 측은 증인으로 영상 분석관을 두 명이나 불렀다. 쳇, 쪽수에서 밀렸다. 대아는 증언을 하기도 전에 힘이 쭉 빠졌다.

최진수는 한 손으로 스마트폰을 들고 가십성 연예 기

사를 다른 손 검지로 툭툭 쳐 가며 읽고 있었다. 대아가 최진수를 한심한 눈으로 훑다가 따가운 시선을 느낀 최진수와 눈이 마주쳤다. 최진수는 딴청을 피우며 판사 쪽으로 얼른 눈을 돌렸다. 최진수는 경기도에서 영상 분석 감정 센터를 운영한다. 그의 증언과 분석 보고서는 변호사들을 통해 익히 들어왔다. "제 직감이…", "제 두 눈이 딱 보면…" 관심법을 쓰는 궁예가 환생한 듯 증언을 해 대는 사람을 도대체 왜 신성한 법정에 세우는 건지 대아는 이해할 수 없었다.

대아의 연구소나 최진수가 운영하는 센터는 국가 기관 소속이 아닌, 개인 사업자다. 그렇기 때문에 대아는 더욱더 결과에 소신을 가져야 한다는 마음으로 연구소를 운영했다. 진실을 가리는 분석가 타이틀을 부여받았을 때는 응당 기술과 능력, 실력뿐만 아니라 돈과 권력 앞에서도 진실을 말할 줄 아는 용기가 필수 덕목이라고 말이다. 그런데 과연 최진수는 그 자격들을 갖추었는가.

증인 신문 순서가 되자, 대아는 고개를 가로저으며 재판정 문을 열고 나갔다.(증인은 서로의 증언을 들을 수 없기에 재판정을 나가 문밖에서 대기해야 한다.) 대아와 김수경이 법정을 나가자, 증인 신문이 시작되었다.

최진수는 한쪽 손을 들고 증인 선서를 한 뒤, 자리에 앉았다. 피고 측 변호인이 물었다.

— 증인, 영상 속 인물이 피고인이라고 분석했는데 어떤 기법으로, 어떠한 이유에서 그렇게 판단하였나요?

— 제 분석은 정확합니다. 제가 20년 넘게 이 분야에 있었기 때문에 잘 압니다. 얼굴의 생김새, 비율, 덩치 등 딱 보면 답이 나오죠.

— 그런 추상적인 것 말고, 과학적으로 검증된 내용이나 어떤 프로그램으로 분석한 것이 있는지를 묻는 겁니다. 전문적인 내용은 없는 건가요?

최진수가 거들먹거리듯 대답했다. 그는 판사의 질문에 더욱 목소리를 높였다.

— 아니, 그러니까 판사님, 제 눈이 과학이라 이겁니다. 제가 영상만 20년 넘게 본 사람입니다. 대한민국에서 나만큼 영상을 많이 본 사람이 없어요. 이런 게 전문가이지, 뭐가 전문가겠습니까? 영상 분석 프로그램이요? 그런 건 오차가 커서 전문가의 예리한 눈과 비교할 게 못 됩니다. 눈이 보뱁니다, 보배!

재판정의 문밖으로 최진수의 목소리가 뭉툭하게 새

어 나왔다. "보배 같은 소리 하네." 대아는 저도 모르게 피식 콧바람을 뿜으며 중얼거렸다.

최진수는 변호사와 판사의 질문에 연신 동문서답으로 신문 시간을 때웠고, 원고 측 변호인은 그의 증언을 들으며 더욱 기고만장한 얼굴을 했다. 마치 다 이긴 게임을 하는 사람의 얼굴이었다.

지친 판사는 다음 증인을 불렀다.

— 김수경 증인, 나오셨습니까? 오셨으면 증인석으로 나와 주세요.

김수경과 대아는 재판정에서 부딪히는 일이 종종 있었으나 친분은 없었다. 조용히 앉아 있던 김수경이 무기력한 얼굴을 하고 재판정으로 들어갔다. 진실은 관심 없고 돈 주는 놈 편만 드는 궁예와 관료주의에 절여져 강자 앞에서 몸 사리기 바쁜 공무원 조합이라…. 보나마나 오늘 재판은 글렀다.

김수경의 증인 선서문 낭독이 끝나자, 판사는 신문을 시작했다.

— 증인은 감정물 속 영상을 보셨을 때, 피고인과 영상 속 인물이 동일인으로 보이시나요?

— 영상 속 인물과 전체적으로 유사해 보이나 화질 상태를 고려하면 그렇지 않을 가능성이 있고, 마스크도 쓰고 있어서 명확하게 동일인 여부를 판단할 수 없다고 말씀드리고 싶습니다.

최진수는 영상 속 남자가 피고인 정 씨가 확실하다고 말했고, 김수경은 판단할 수 없다고 증언했다. 판단하기 힘든 건지, 책임지기 싫은 건지는 모르겠지만. 재판정 안에 흐르는 엄숙한 분위기가 공기를 무겁게 짓눌렀다. 원고 측에서 신청한 두 명의 전문가 증언이 끝났다.

대아가 증언할 차례다. 피고 측 백경준 변호사는 대아가 증인석에 앉기 전, 원고 쪽으로 기울어진 분위기를 뒤집기는 쉽지 않을 거라고 넌지시 말했다. 대아는 백 변호사의 말에 별로 개의치 않았다.

나는 분위기를 뒤집는 게임을 하는 게 아니라 분석한 사실을 말할 뿐이니까.

— 저는 양심에 따라 숨김과 보탬이 없이 사실 그대로 말하고, 만일 거짓말이 있으면 위증의 벌을 받기로 맹세합니다. 증인, 이대아.

증인 선서문을 읽고 고개를 들어 정 씨를 봤다. 피고

석에서 설움을 참느라 몸을 바들바들 떨고 있었다. 힘이 없어 진실을 밝히지 못하고, 억울하게 죄를 뒤집어쓴 사람이 비단 정 씨뿐일까. 공정해야 할 재판에서 반대쪽을 이기는 데만 몰두하고, 거짓 증거들을 그들만의 당위로 때우는 현실. 법에 기대어 사는 사람들에게만 유난히 법이 제 기능을 하지 않는 현실. 대아는 이런 현실들에 환멸이 차올랐다.

숨김과 보탬 없이? 위증의 벌? 맹세? 하, 지랄들을 하고 있네.

*

3시간 전, 대아는 대학 병원 안과 진료 대기실에 앉아 있었다. 좀 쉬면 나아질 건데, 연구소에서 사무직으로 일하고 있는 혜인이 괜히 호들갑을 떨어 대학 병원까지 와서 검사를 했다. 오늘은 간단한 추가 진료를 하고 결과를 듣는 날이다. 뭐, 보나 마나 스트레스성이나 과로라고 하겠지. 시간만 뺏길 걸 알지만 진료를 빼먹었다가는 하루 종일 혜인의 잔소리에 시달릴 생각에 아찔해져 시간 맞춰 병원에 도착했다. 진료를 기다리면서 인터

넷으로 사건 사고 뉴스를 훑고 있는데, 혜인의 메시지가
도착했다.

[ 박사님, 병원 늦지 않게 가셨죠? ]

얼마 전, 대아는 여느 때와 다름없이 연구소 책상에
앉아 블랙박스 영상을 12시간째 보고 있었다. 어쩌면 그
게 문제였을지 모른다. 12시간이 아니라 여느 때와 다름
없다는 게. 그날도 평소와 같이 블랙박스 영상을 보고
있는데, 불현듯 날카로운 바늘이 관자놀이를 기분 나쁘
게 통과하는 기분이 들었다. 그러더니 순식간에 시야가
열쇠 구멍만큼이나 좁아졌고, 이내 앞이 캄캄해졌다. 당
황한 나머지 버둥거리다 자리에서 요란하게 넘어졌다. 넘
어진 채로 눈을 깜빡이자, 빠르게 카메라 셔터가 열리듯
다시 시야가 밝아졌다. '쿵' 소리에 혜인이 뛰어 들어왔
다. 혜인은 대아를 일으키고, 좀 쉬라며 등을 떠밀었다.
대아도 알고 있었다. 너무 쉬지 않은 탓이다. 눈을 좀 쉬
게 해 주면 나을 텐데, 일을 쉴 수는 없는 노릇이었다.
억울한 누명을 쓴 사람이 앵글 밖에서 울고 있었고, 블
랙박스 영상 속 검은 얼굴의 범인이 내가 누군지 찾아보
라며 조롱하는 것 같았으니까. 순간적으로 찾아온 암흑

에 당황하긴 했으나 루테인을 삼키고 대수롭지 않게 넘겼다. 루테인과 타이레놀을 5통째 먹던 날, 보다 못한 혜인이 병원 예약을 잡아 주었다.

대아와 혜인은 사장과 직원이라는 건조한 비즈니스 관계, 그 이상이었다. 혜인은 제 몸을 소홀히 여기는 대아를 개인 비서처럼 살뜰히 챙겼다. 혜인은 연구소를 열고 처음 뽑은 직원이다. 의뢰받은 영상 분석 외에 회사 운영에는 전혀 관심이 없는 대아를 대신해, 꼼꼼하고 빈틈없이 회사 운영을 도왔다. 심지어 회사 통장도 혜인에게 몽땅 맡겨 버려서 혜인은 자기 월급을 매달 제 손으로 송금했다. 셀프로 월급을 인상한대도 대아는 모를 터였다.

하루는 혜인이 수임료를 올리자고 제안했다. 대아가 TV 출연으로 유명세를 타자, 아님 말고 식의 온갖 잡다한 의뢰로 업무가 마비될 지경이었기 때문이다. 감정료를 높여 장벽을 높이면, 정말 간절한 사람만 의뢰를 하게 될 테다. 그러면 대아가 온전히 분석 업무에만 집중할 수 있지 않을까 하는 게 혜인의 생각이었다. 하지만 대아는 절대 감정료를 올릴 수 없다고 고집했다. 정말 간절한 사람이 높은 감정료의 장벽 앞에서 망설이게 되면 어떡하냐는 거였다. 결국 혜인이 두 손을 들었다. 대아는 감정료를 올리지 않는 대신, 혜인의 월급을 인상해 줬다. 이상한 논리였다. 박사님은 돈 욕심이 없어도 너무 없고, 늘 제멋대로라고 툴툴대지만, 혜인은 대아가 얼마나 저를 신뢰하고 존중하고 있는지 알고 있었다. 다른 곳에 취직하더라도 이만큼 신뢰를 얻고, 일한 만큼 보상해 주는 곳은 없으리라. 그러니 혜인의 입장에선 대아의 건강을 챙기지 않을 수가 없었다.

— 망막색소변성증입니다.

이상한 안경을 씌우고, 눈에 밝은 빛을 몇 번 쐬는 시시한 진료가 끝나자, 대아의 앞에 앉은 교수가 말했다.

— 시각 세포의 구조와 기능을 담당하는 유전자에 돌연변이가 생겨 발생하는 유전성 망막 질환인데, 난치성 유전 질환 중 가장 흔합니다. 진행 속도는 개인마다 다르지만, 수년에 걸쳐 서서히 진행돼 나중에는 시력을 잃게 됩니다. 어두운 상황에서 사물 분간이 어려울 뿐만 아니라, 심하면 주위에 불빛이 있어도 사물을 인식하는 데 문제가 생길 수 있어요. 증상은 점점 더 심해질 겁니다.

당최 무슨 소리를 하는지 하나도 알아들을 수가 없었다. 대학교수씩이나 돼서 의학에 무지한 환자에게 쉽게 말해 주면 좋으련만, 말을 왜 저리 어렵게 하나. 연구소에 찾아오는 의뢰인들도 내가 하는 말이 저렇게 들릴까? 곱씹으며 자기반성을 잠깐 했다.

— 유전성이요? 저희 집안엔 그런 병을 앓으신 분이 없는데요.

— 종종 가족력이 없어도 발병합니다. 특별한 이유도 없고요. 대부분 안질환은 외상, 생활 습관, 노안 등 다양한 후천적인 이유로 생기니까요. 혹시 무슨 일 하시는 분이세요? 눈을 많이 쓰세요?

교수의 질문에 눈을 많이 안 쓰는 사람도 있냐고 따져 물으려다 입을 다물었다. 진료실을 나와 증상을 늦춰 준다는 약을 한 움큼 받았다. '가장 흔하다'와 '시력을 잃게 된다'라는 말이 어울리기나 하는 말인가. 하여튼, 순 사기꾼들…. 유전은 아니지만 유전병에 걸렸다는 교수의 말이 혼란스러웠다. 받아들일 수 없었다. 재판에 가야 한다는 것도 잊고 한참을 멍하니 그 자리에 서 있었다.

*

— 이젠 대놓고 날 따라다니시네?

재판을 마치고 법원을 나와 주차장으로 가는 길에 뒤
에서 누가 아는 체를 했다. 조금 전 재판에서 유치한 질
문으로 대아의 실력과 학력을 검증하려 들던 원고 측 변
호사다. 따라다닌다니? 우리가 안면이 있었던가? 분명
오다가다 재판에서 봤겠지. 그렇다 한들 스토커 취급은
좀 아니지 않나? 대아가 생각하는 사이, 남자가 먼저 말
을 이었다.

— 어땠습니까, 오늘 재판.
— 개판이었지요.

대아가 짧게 대답하자, 남자의 얼굴 근육들이 저마다
들썩거렸다. 남자는 여유로워 보이려 거만한 웃음을 지
어 보였지만, 이를 악물다 턱근이 딱딱하게 수축하는 걸
대아는 눈치챘다.

— 내 재판마다 따라다니며 훼방을 놓으시던데, 나도
똑같이 해 준 것뿐입니다.
— 절 법원에서 보셨다고 해도 제가 변호사님에게 개

인적인 감정이 있어서 참석한 건 아닐 겁니다. 저는 제할 일을 하러 온 거니까요.

대아의 차가운 대답에 변호사가 멈칫했다. 그 사이 대아는 "다른 할 말 없으시면, 전 이만." 얼른 고개를 까딱 숙이고 돌아섰다. 증인 신문에서 수준 이하 질문을 하고, 의뢰인이 부르는 대로 받아쓰기를 한 가짜 증거로 내 자료를 반박한 게 개인적인 감정이었단 말인가. 조금만 더 있다간 신념을 쌈 싸 먹은 저놈의 뒤통수를 한 대 후려갈길 것 같아 얼른 차에 올라타 시동을 걸었다.

*

사건은 6개월 전, 백주대낮에 일어났다. 은평구의 낡은 금은방에서 절도 사건이 발생했다. 주인이 잠깐 자리를 비운 사이, 천만 원가량의 귀금속을 도난당한 것이다. 금은방 내부 CCTV에는 6-70대로 추정되는 신원 불명의 마스크를 낀 남자가 찍혔다. 남자는 제집 안방마냥 익숙하고 신속하게 유리 진열대 안 순금을 가방에 담아 달아났다. CCTV를 본 사장은 동네에 살던 독거노인 정 씨를 범인으로 지목했고, 며칠 뒤 정 씨가 체포되었다. 정 씨는 억울하다며 범행을 부인했지만, 과거 절도 전과가 있던 그는 형사 재판에서 징역형을 받고 구속되었다. 그는 청각 장애 4급의 상태로, 오른쪽 귀는 80% 이상 들리지 않고, 왼쪽 귀는 40% 정도 들린다. 폐지나 고철 따위를 모아 겨우 생계를 이어 가는 기초 생활 수급자다. 정 씨는 구속된 후에도 왜 자신이 구속되어야 하는지, 법이 이래도 되는지, 아니면 원래 법이란 이런 것인지 영문을 알 수 없는 채로 수감 생활을 이어 갔다. 누구라도 도와주리라 믿고 기다렸다. 그러다 천만 원을 손해 배상하라는 민사 소송까지 걸리자, 살던 집의 보증금을 빼서 백경준 변호사를 선임했다. 재판에서 승소한다고 하더라도 돌아갈 곳을 잃는 셈이지만, 법은 자신의 편이 아니라는 걸 늦게나마 깨닫고 가진 모든 것을 걸었다.

백 변호사가 대아의 연구소에 사건을 의뢰했다. CCTV 속 남자와 정 씨가 동일 인물인지를 분석해 달라는 내용이었다. 분석은 생각보다 간단했다. 마스크를 착용했다 하더라도 눈, 미간, 눈썹, 얼굴형 등을 인공 지능이 분석하여 96.4%의 확률로 동일인을 식별한다. 동일인 안면 인식 알고리즘은 대아의 연구소에서 지난 10여년 동안 수많은 사건을 해결하며 정확도를 입증한 프로그램이었다. 조금의 오차가 있을 수 있지만, 아주 높은 확률로 노출된 안면의 특징만을 추출해 동일인을 확인할 수 있다. CCTV 속 절도범과 정 씨의 안면 대조 실험 결과, 두 인물이 같은 사람일 가능성이 약 0.13%의 확률로 검출되었다. 0.13%의 수치는 완전히 다른 사람이라고 말해 주는 결과였다. 피고인 정 씨는 범인이 아니라고 대아는 확신했다.

백 변호사는 대아가 써 준 감정서를 증거 자료로 제출했다. 대아가 감정서를 제출한 것을 알게 된 원고 측 변호사가 재판에 질세라, 부랴부랴 판사의 눈을 가리기 위한 장치로 궁예와 늘공[2]을 증인으로 세운 것이다.

백 변호사가 전화를 걸어와 말했다.

— 어떡하죠, 박사님. 박사님 감정서가 증거로 힘이 없을지도 모르겠어요. 원고 측에서 영상 분석가를 증인으로 신청했다네요.

원고 측에서 반대의 결과를 제출한 것을 듣고 대아는 의아했다. 많은 학자들의 연구로 만들어진 안면 인식

---

2  '늘 공무원'의 줄임말로, 관료주의에 찌든 공무원을 비하하여 부르는 말

감식 결과에 어떻게 반대쪽 입장이 있을 수 있지?

재판정에서 최진수를 마주하고 비로소 의문이 해결되었다. 법 영상 분석 기술은 국내에 도입된 지 몇 년 되지 않아 관련 기관으로는 대아의 연구소가 국내 유일무이하다. 그로 인해 진위 여부를 가리거나 자격을 검증하는 기관도 아직 없기 때문에 분석자의 양심이나 사명감에 의존하는 수밖에 없다. 대아는 관련 논문을 수십 편 썼고, 모든 논문은 해외 기관에서 검증받았다. 해외 CSI와 경찰청에서도 자문을 요청할 정도로 대아의 실력은 국내외 공적인 검증 절차를 마쳤다. 몇 년 전, 대아의 영상 분석이 결정적 증거가 되어 16년간 해결되지 못했던 살인 사건의 범인이 잡혔다. 그 일이 언론에 알려지면서 대아는 유명세를 탔다. 덕분에 재판에서도 유리해졌다. 신뢰를 얻었기 때문이다. 하지만 예상치 못한 부작용도 있었다. 영상 분석을 한다면서 사진만 확대해서 범인을 마구잡이로 추측하는 유튜버가 생겨났고, 종국에는 짝퉁 연구소까지 생겨나서 의뢰가 줄었다는 혜인의 푸념을 들은 적이 있었다.

이 '짝퉁' 업체들은 포토샵과 영상 편집으로 화질 개선 기술을 도입했다고 말했다. 그 기술은 〈누구나 10분이면 포토샵 완전 정복!> 같은 실용서만 보면 배울 수 있는 수준이었고, 사례금이 충분하다면 분석 결과 조작도 가능했다. 최진수의 '영상 분석 감정소'는 이처럼 타이틀만 딴 짝퉁이었다. 20년 이상 영상을 분석했다는 말도 새빨간 거짓말이다. 20년 전이면 국과수에서 디지털 분석과도 생기지 않았던 시절이다. 수사 기법으로 사용되는 영상 분석학은 차치하더라도, 그 당시 국내에는 영상 분석학 관련 논문도, 전문가도 없었다. 대아는 이런 이들과 같은 법정에서 사실 관계를 따져야 한다는 현실에 진력이 난 상태였다. 법원을 나와 사무실로 차를 몰며 생각했다.

그러잖아도 지긋지긋하던 찰나에 어쩌면 잘된 걸까? 내게 얼마큼 시간이 남은 걸까?

시력을 잃을 수 있다는 의사의 말은 시력을 잃지 않을 수도 있다는 뜻이 아니었다. 기적이 있으니 희망을 잃지 말라는 의미도 아니었다. 시력을 잃는 결과는 기정사실이고, 그 시기를 약물 치료로 조금씩 늦출 수 있을 뿐이었다. 이 희귀 질환은 사실상 영상 분석을 하는 대아에게 시한부 선고나 다름없었다. 교수의 말을 곱씹다가 이내 답답함에 창문을 조금 열었다. 수원에서 서울로 가는 서부간선도로의 안양천은 연두색을 띤 개나리 새순이 올라오고 있었다. 곧 봄이 올 것만 같다. 어쩌면 두 눈으로 볼 수 있는 마지막 봄일지 모른다는 비관적인 생각이 머릿속에 조금씩 움트기 시작했다.

*

　— 의뢰인이 와 계세요. 김승민 씨 어머니요.

　— 오늘 상담 예약 없지 않아? 재판 있는 날은 상담 잡지 말라니까.

　— 오늘 꼭 소장님을 만나야겠다고 하도 떼를 쓰셔서….

　언제는 쉬라더니, 못 쉬게 하는 게 누군데. 대아가 혜인을 원망하는 눈으로 쳐다보자, 그녀도 난감하다는 듯 어깨를 으쓱했다. 오늘은 정말 쉬고 싶은데…. 크게 숨을 한 번 몰아쉬고 방으로 들어갔다.

　의뢰인은 50대의 중년 여성, 피고인의 어머니다. 얼마 전, 의뢰인의 아들이 성범죄 혐의로 기소가 되어 영상 분석을 의뢰했다. 그런데 안타깝게도 영상 분석을 통해서 아들 김 씨의 성추행 혐의가 더 명확히 입증되어 버렸다. 지나가는 여성의 둔부를 손으로 만지는 장면을 더욱 선명히 보이도록 화질 개선을 해 주었으니 말이다. 분석 보고서를 받은 의뢰인은 남편과 함께 초 흥분 상태로 들이닥쳐 연구소를 난장판을 만들고 갔는데, 일주일 만에 다시 돌아왔다. 영상 속 여자의 둔부를 만진 게 아들의 손이 아니라고 써 주면 돈은 달라는 대로 얼마든지 주겠다는 거다. 대아는 조금 전 재판에서 만난 짝퉁 취급에 할 말을 잃었다. 증거를 돈으로 사고팔 수 있는 이 생태계를 어쩌면 좋을까. 어차피 CCTV를 볼 날도 얼마 남지 않은 것 같은데, 나도 그들처럼 써 달라는 대로 써 주고 큰돈이나 받아 챙겨 관둘까? 의뢰인의 무례함에 생전 없던 돈 생각까지 하며 은퇴를 상상했다.

영상 분석을 하면서 수많은 의뢰인을 만났다. 돈 없고, 백 없고, 직업이 미천하고, 법에 대해 무지한 사람들. 반대로 돈도, 백도 다 가져서 돈으로 법마저 살 수 있다고 생각하는 비열한 사람들까지. 원하는 결과지를 받지 못하면 사무실을 뒤집는 건 기본이요, 부모 욕으로 시작해 처자식 악담으로 끝나는 수많은 저주와 쌍욕까지. 대아는 처자식이 없는 게 천만다행이라 생각하며 버텼다. 그나마 돈이라도 가진 이들은 사정이 좀 나았다.

정 씨처럼 가진 게 없는 사람에겐 진실도 힘이 없었다. 사명감으로 시작해 여기까지 왔지만, 이래저래 사람한테 치이는 힘든 직업이다.

이왕 이렇게 된 거, 이판사판이다. 더 이상 모욕은 곤란하다. 자꾸 이러면 피해자 측에 영상 분석서를 팔아넘길 수도 있다고 협박하고 나서야 의뢰인은 공손하게 돌아갔다. 책상 앞에 앉아 안경을 벗고 눈을 감았다. 눈이 무척 피로했다. 얼마 지나지 않아 혜인이 노크했다.

— 박사님, 손님 오셨는데요.
— 오늘은 정말 그만하고 싶은데요.

대아는 눈을 감은 채로 대답했다.

— 저, 그게… 박사님과 잘 아시는 분이라고 해서요.

누구지? 올 사람이 없는데…. 자리에서 일어나려던 대아는 갑자기 찾아온 관자놀이의 통증으로 털썩 의자에 주저앉았다. 공연의 1막이 끝난 무대 위 조명이 암전되듯 스위치가 탁 꺼졌다.

암흑…. 이렇게 끝나는 걸까?

이번이 처음이 아니기에 당황하지 않으려 애쓰며 왼손 엄지와 중지로 관자놀이를 꾹 눌러 마사지했다. 쩨

깍, 째깍, 째깍…. 팔목에 찬 시계 초침 소리가 들려왔다. 처음에는 1초, 다음에는 2초, 반복될 때마다 검은 화면에 시간이 늘어나고 있음이 느껴진다. 새까만 화면에 초침 소리를 듣자, 마음이 차분해졌다. 잠시 안정을 취하고 있는데, 여자 목소리가 들렸다.

— 오랜만이에요.

그때 셔터가 열리듯 시야가 밝아졌다. 선희였다. 하얀 피부, 동그란 콧날, 어깨까지 오는 가는 머리칼과 갈색의 눈동자까지. 선희가 서 있었다.

대아도 무언가를 순수하게 좋아하던 때가 있었다. 학과 수업은 빼먹으면서 동아리 출사는 빠지지 않고 나가던 시절, 계절이 바뀌고, 꽃이 피고 지고, 해가 뜨고 지는 모든 순간을 담으려고 안달이던 젊음의 날들이. 붙잡으려 할수록 붙잡아지지 않던 피사체를 붙잡으려 동동거리던 날이 많았는데, 선희도 그 피사체 중 하나였다. 선희는 대아의 사진 동아리 후배였다. 해사하게 웃는 얼굴로 다른 사람의 이야기를 잘 들어주던 선희에게는 늘 화사한 빛이 났다. 언제나 사람들에게 둘러싸여 있었고, 그녀 또한 그런 소란함을 좋아했다. 지도에 없는 길을 가는 걸 좋아했으며, 남들이 찍지 않는 장면을 찍는 걸 좋아했다. 인생을 모험이라 생각한다던 그녀의 곁에 있으면, 늘 무심하게 인생을 대했던 대아 자신도 탐험가가 된 듯했다.

— 박사님?

낯선 목소리에 정신을 차려 보니, 앞에 선 여자는 선희가 아니었다. 선희의 결혼식에서 딱 한 번 만난 적 있던 선희의 동생 선영이었다. 하마터면 "오랜만이다." 하며 껴안을 뻔했다. 그제야 선희와 달리 무채색의 투피스를 입고, 바스락 소리가 날 듯 건조하게 마른 선영이 제대로 보였다. 선희는 동그란 얼굴에 알록달록한 옷을 주로 입었고, 늘 화사한 생기가 돌았다. 선영은 마치 선희의 같은 듯 다른 이면처럼 느껴졌다.

— 선희는 잘 지내죠?

선영에게 앉을 자리를 안내한 뒤, 그녀의 앞으로 앉으며 선희의 안부를 물었다. 선영은 망설임 없이 또렷하게 언니가 3년 전에 죽었다고 말했다.

— 아니, 더 정확히 말하자면 죽었을 거예요, 아마도.

선희가 죽었을 거라니? 무슨 말도 안 되는…. 그때 선영의 목소리가 점점 아득해지더니, 대아의 눈앞이 회오리치듯 왜곡됐다. 금방이라도 휘청이며 정신을 잃어버릴 것 같은 기분에 휩싸여, 잠시 눈을 감은 채 숨을 크게 들이마시고 내뱉었다. 후….

겨우 정신을 붙잡고 눈을 떴다. 믿기지 않았다. 선희가 죽었다고? 거짓말. 선영이 위태로워 보이는 대아를 살피다가 3년 전 언니의 장례식에 조의금을 보내지 않았냐고 물었다. 대아는 숨을 고르고 천천히 기억을 되짚어 봤다. 3년 전이면 선희 아버지의 부고 메시지가 왔고, 분명 조의금까지 송금했었다.

그럼, 그게 선희의…?

어처구니가 없었다. 선영에게 날짜를 물어보니, 전남 7세 여아 실종 사건으로 밤낮없이 재판에 불려 다니던 시기다. 언론에서 떠들썩했던 사건이라 한 달을 넘게 시달렸던 기억이 난다. 아이는 마법이라도 부리듯 1분 만에 감쪽같이 사라졌다. 영상 속 사라진 아이를 찾기 위해 CCTV 1초당 30프레임(초당 프레임. 동영상을 물리적으로 환원하면 연속된 사진들의 모음으로 볼 수 있는데, 이 각각의 정지 사진 1장을 '프레임'이라 부른다.), 1분에

720장을 추출해 화질 개선을 한 뒤, 숨은그림찾기를 하며 몇 날 밤을 새웠다. 아마 정신이 없어 부고 메시지를 잘못 해석한 모양이다. 선희가 아니라 제 아버지가 죽었다고 해도 몰랐을 정도로 그 당시 제정신이 아니었다.

대아는 얼이 빠진 사람처럼 멍하게 앉아 있었다. 선영은 그런 대아를 잠깐 살핀 후, 선희의 생전 이야기를 시작했다.

— 언니와 TV를 볼 때면 종종 박사님에 대해서 이야기를 나누었어요. 뉴스에 나오거나 사건 추적 프로그램에 나올 때마다 언니는 당신이 자랑스럽다고 했어요. 대학 때 의지를 많이 한 선배라고 몇 번이나 말했죠.

그제야 정신을 차리고 선영에게 물었다. 도대체 선희가 어떻게, 어디서… 아니, 왜 죽었는지를.

— 제주 한달살이를 갔어요. 결혼 10주년이기도 하고, 바람도 쐬고 그럴 겸 간다고 하더라고요. 그런데 한 달이 채 안 돼서 제주 바다에서 사라졌어요.

— 사라졌다면, 시신을 못 찾은 건가요?

— 네. 처음에는 언니가 죽었다는 걸 믿을 수가 없었어요. 시신이 없으니까요. 그런데 언니가 떨어지는 영상

이 고스란히 남았어요. 그 영상을 보면….

선영은 그날의 영상을 떠올리다 힘에 부치는지 말을 끊었다. 혜인이 가져 온 따뜻한 차를 마시며 안정을 되찾은 선영은 다시 말을 이었지만, 선희가 추락하는 순간에 대해서는 더 이상 묘사하지 않았다.

— 거기서 떨어져서는 사람이 살 수가 없겠더라고요.

— 혹시 스스로 목숨을… 끊은 건가요?

대아는 조심스럽게 물었다.

— 언니가 우울증이었대요. 경찰에서 진료 기록을 확인해 줬거든요. 보험사에서 언니의 우울증 기록을 보고 자살이라고 의심했는데, 언니가 자살할 이유가 없다고 가족들이 강력하게 항의했죠. 우울증이라고 다 죽고 싶어 하는 건 아니잖아요? 실족이냐 자살이냐를 조사하느라 시간이 좀 걸렸고, 결국 실족사로 종결됐어요.

선영은 그 일로 얼마간 꽤 곤욕을 치른 듯, 대아가 묻지도 않는데 빠르게 해명부터 했다.

— 아, 자살이면 보험금 지급이 안 되기 때문에 항의한 건 아니었어요. 돈이 문제가 아니라 언니의 마지막에

대한 최소한의 예의라고요. 언니는 절대 자살할 사람이
아니거든요.

— 그럼요. 아니죠, 그럴 애가.

대아가 맞장구를 쳤다. 선영은 묵직한 내사 종결 보
고서를 내밀었다.

— 한번 보시겠어요?

대아는 침착하게 사건 기록을 훑었다.

선희는 선영의 말처럼 제주에서 실종되었다. 3년 전,
11월 2일에는 선희와 남편이 한달살이를 위해 제주에 갔
다. 여행하는 동안 렌터카를 사용했다. 선희가 사라지는
날까지의 모든 블랙박스 자료를 볼 수 있었더라면 더 좋
았을 테지만, 아쉽게도 경찰에서 수거한 블랙박스에는
선희의 마지막 날의 행적만 기록되어 있었다. 11월 23일,
낮 3시경. 남편과 산책 중 남편이 커피를 사러 간 사이
에 실족. 렌터카 블랙박스에 선희가 추락하는 장면이 찍
혔다. 정확한 실족 시간과 장소, 동행인이 기록으로 남았
다. 경찰의 입장에서는 어쩌면 쉬운 사건이었으리라. 실
족 직후 남편의 신고와 증언으로 수색을 일주일간 이어
갔지만, 선희의 시신은 어디에서도 발견되지 않았다.

[ 수색 결과 시신 미수습. 사망 추정. ]

경찰 조사에서도 보험사의 자체 조사에서도 타살의 가능성이 있다고 판단하지 않았다. 그리고 생존의 가능성도 없다고 했다. 유족의 뜻에 따라 선희는 사망 처리되었다. 병원 기록으로는 살아생전 집 근처 정신의학과에서 2년간 받은 우울증 진료 외에 특이 사항은 없었다.

대아의 연구소에도 해경에서 의뢰를 받는 실족 사건이 일 년에도 수십 건이다. 안타깝지만 사연이 없는 죽음도 많다. 그저 발을 헛디뎌서, 하필 거기에 있어서 벌어지는 죽음도 부지기수다. 유족들은 어떻게든 원인을 찾고 싶어 하지만, 운이 없었다고밖에 할 수 없는 사건들이 존재한다는 걸 잘 알고 있었다.

그런데 그게 왜 하필 너니, 선희야.

사건 기록을 한 장 한 장 넘기는 대아의 손이 아주 약하게 떨렸다. 비통한 마음을 억눌러 가며 사건 기록을 훑는 중에 선영은 선희의 이야기를 이어 갔다.

— 언니는 결혼 생활 10년 동안 아이가 생기지 않아 힘들어했어요. 시댁이랑 관계가 좀 안 좋았지만, 형부랑은 뭐… 나쁘지 않았죠. 깨가 쏟아질 정도로 잘 살았다

고 할 순 없지만, 그렇다고 나쁘지만은 않은 정도로. 다들 그렇게 살지 않나요? 신혼 초에는 죽고 못 살 것처럼 굴다가 10년 차쯤 되면 집에 늘 있는 소파처럼 대하죠. 어느 날엔 기대서 편히 쉬고, 어느 날엔 10년쯤 썼으니 집에서 제일 낡아 보이는, 언젠간 꼭 바꾸고 싶은 소파요. 물론 언니는 언제나 괜찮다, 곧 좋아질 거라 말했죠. 아시죠? 쓸데없이 긍정적인 언니 성격.

선영은 선희를 떠올리듯 옅게 웃었다.

— 우리 가족은 언니가 어디선가 그저 잘 지내고 있으리라 생각하죠. 그래야 살 수 있으니까. 유품은 형부에게 부탁해서 부모님 집에 뒀었는데, 며칠 전에 오랜만에 꺼내 봤어요. 그동안은 꺼내 보지도 못했죠. 그걸 보면 정말 언니를 잊어야 할까 봐서요. 어쩌면 평생 못 잊겠죠. 어떻게 잊겠어요.

그러면서 선영은 책상 위에 있던 메모지에 뭔가 적어 대아에게 내밀었다.

@sunny_2510

— 언니 인스타그램 계정이에요.

선영은 이번에는 USB를 내밀었다.

— 그리고 이건 언니 스마트폰 클라우드에서 다운로드받은 원본 사진들이고요.

대아는 메모와 USB를 받아 들고 의아한 얼굴로 선영을 다시 봤다.

— 언니 스마트폰은 못 찾았어요. 위치 추적을 했더니, 제주 바다 한가운데로 뜨더라고요. 경찰 말로는 주머니에 넣은 채로 추락해서 신호가 바다 어딘가에서 끊어진 것 같대요. 사진첩을 클라우드에 연동해 놓은 덕분에 이 자료들은 남길 수 있었어요. 제주 여행 동안의 사진과 영상뿐이지만, 언니는 여행을 기점으로 다시 시작하고 싶었던 것 같아요. 다시 사진을 찍기 시작한 걸 보면.

선영은 아랫입술을 앞니로 꾹 깨물었다. 그리움이 북받치는지 몇 번이나 숨을 삼켰다.

대아가 선영에게 물었다.

— 이걸 나한테 알려 주는 이유는요?

선영은 이 사진들로 선희의 마지막 이야길 들려줬으면 한다고 했다. 언니가 남긴 사진과 영상들을 분석해,

언니의 흔적을 보고서로 남겨 달라는 것이었다.

─ 언니가 떠나기 전, 10년 동안 우리는 언니를 너무 모르고 살았어요. 언니가 우울증으로 병원에 다닌다는 걸 알고 나서부터 더 멀어졌죠. 언니는 아무도 만나고 싶어 하질 않았어요. 그렇게 언니를 보내고 나니까 너무 미안했어요. 언니가 떠나기 전까지의 이야기를 듣고 싶어요.

제자리에서 잘 살고 있을 줄로만 알았던 선희가 죽었다는 충격에서 벗어나지도 못했는데, 더해 선희의 살아생전 이야기를 써 달라는 의뢰라니. 오늘은 참 잔인한 날이라는 생각과 함께 대아는 망연한 기분이 되어 뭐라고 대답을 해야 할지 할 말을 고르며 망설이고 있었다. 대아의 대답을 기다리던 선영은 차분한 얼굴을 하고 대아를 타이르듯 다시 말했다.

─ 보이는 그대로, 분석한 대로만 써 주시면 돼요. 언니가 어떤 생각을 하고, 어떤 마음으로 살아왔는지를 알고 싶어요. 알 수 있잖아요, 박사님은.

선영은 강한 어조로 확신하며 말했다.

14년 전, 첫 필름 롤을 인화하던 날이었다. 동아리 방은 기껏해야 채 다섯 평이 안 되었다. 우리는 그 공간을 또 쪼개어 인화실을 만들었다. 두 사람이 겨우 들어가는 좁은 공간이었다. 지금 생각해 보면 허접하기 짝이 없지만, 당시 근처 학교의 사진 동아리 중 유일하게 암실을 보유했다는 점에서 자부심이 대단했다. 그날은 선희가 대아에게 사진을 현상하는 방법을 가르쳐 준다고 했다. 암실백[3] 안으로 두 손을 집어넣고 필름을 더듬어 가며 필름 탱크에 필름을 말아 넣는 일은 마치 마술 같은 작업이었다.

　— 사진을 하다 보면 꼭 내가 마술사가 된 것 같다니까?

　선희는 신이 나서 말했다. 두 손의 감각만으로 필름을 다루는 암실백 작업이 제일 재미있다고 말이다. 화학 용액 안에 필름을 넣고 인화가 되어 사진이 나오는 과정은 짜릿하지만, 암실백 작업은 놀이를 하는 것 같아 재미있다고. 어릴 때는 숨바꼭질을 좋아했고 숨은그림찾기도 좋아했다며, 암실백 안으로 양손을 넣고 필름을 주물주물 만지며 말했다. 숨고, 찾고, 더듬어 가며 만들어 내는 모든 과정이 마치 마술 같다고.

---

3　빛이 통하지 않는 암실 상태로 만들어 주는 가방. 암백 혹은 암실백이라 부른다.

이후로 선희와 종종 숨은그림찾기를 했다. 술래잡기 같기도 했고, 숨바꼭질 같기도 한 놀이. 종종 서로가 찍은 사진을 내밀며 사진에 뭘 숨겼는지 찾으며 놀았다. 선희가 안경을 쓴 동기의 인물 사진을 내밀었다. 동기의 안경에는 카메라를 들고 셔터를 누르는 선희가 희미하게 반사되어 있었다. 대아는 커피 잔에 담긴 원두 커피에 브이를 그린 손가락이 반영되도록 촬영한 사진을 선희에게 주었다. 정답을 맞힌 선희는 박장대소하며 좋아했다. 문제를 내는 사람도, 맞히는 사람도 조마조마했다가 통쾌했다. 대아는 졸업 후 영상 분석학을 본격적으로 공부하기 위해 대학원으로 진학하면서 선희와 하던 놀이가 자신이 영상 분석을 공부하게끔 이끈 건 아닐까 생각하기도 했다.

선영은 두 사람만의 숨은그림찾기에 대해 들었을지 모른다.

— 해 주실 거죠? 그래야 가족들도 언니가 떠난 걸 받아들일 수 있을 것 같아요. 평생 잊지 못하겠지만, 언니를 영원히 모른 채로 묻고 싶지는 않으니까요. 사례는 충분히 하겠습니다.

자신이 곧 앞을 볼 수 없을 거라, 그래서 선희가 남긴 사진이 아니라 제 얼굴도 보지 못하는 시각 장애인 신세가 될 거라 선영에게 말할 수 없었다. 대아는 생각해 보겠다고 말하고 선영을 돌려보냈다.

*

직원들이 모두 퇴근한 어스름한 사무실 안, 대아는 선영이 두고 간 선희의 사건 자료를 다시 읽었다. 정말 선희가 죽었다고? 그렇다. 그런데 왜? 사건 종결 보고서에는 선희가 죽은 사실만 있고, 그녀가 왜 죽어야 했는지 이유는 없다. 눈을 감고 필름을 돌렸다. 제대로 끼워 맞춰지지 않은 이야기들이 산발적으로 흩어져 부유하고 있었다.

선희는 방파제 앞에서 위태롭게 서 있었고, 병원에서 처방받은 약을 삼켰고, 바람이 세게 불었고, 몽롱했고, 바람을 좀 쐬어야겠다 했고, 목이 마르다고 했다.

째깍, 째깍, 째깍….

대아는 손목시계의 초침 소리를 듣다가 눈을 떴다. 그러곤 잊고 있던 선희의 기억을 다시 꺼내 보려 컴퓨터를 켜고, 외장 하드 속 사진 폴더를 열었다. 폴더는 연도 순, 이름순으로 세분화되어 잘 정리되어 있다. 직업병이다. 선희를 처음 만났던 2008년 폴더 안, 나열된 사진에서 선희가 활짝 웃고 있다. 봄이 시작되는 한 계절의 쏟아지는 햇살을 닮은 선희, 뷰파인더에 눈을 대고 한참을 움직이지 않던 선희, 그러다 씨익 하고 입꼬리를 올리곤 찰칵, 셔터를 조심스럽게 누르던 너.

　대학 시절 사진을 보며 향수에 젖었다가 선희의 결혼식 사진까지 보게 되었다. 그날은 오랜만에 보는 대학 동기들이 많이 왔다. 신부 대기실은 동창회를 방불케 했다. 단체 사진을 촬영하러 단상에 올랐을 땐 자리가 부족해 대아는 발끝을 세우고 서서 겨우 정수리가 빼꼼 나왔다. 웨딩드레스를 입은 선희의 옆에 선 남편이 묘하게 낯이 익었다. 10년 전에 딱 한 번 본 얼굴인데, 어째서 어제 본 듯 익숙한 기분이 드는 거지? 대아는 눈을 감고 남자를 어디서 봤었는지 떠올리려 했지만 도저히 생각나지 않았다. 병원에서 봤나? 아니면 지하철? 혹시 유명한 사람인가? 궁금증이 해소되지 않자, 답답한 나머지 안면 인식 프로그램을 실행했다. 대아는 이 일을 시작하면서부터 사람의 기억보다는 알고리즘의 결괏값을 더 신뢰하고 있었다. 사건이 아니더라도 잘 아는 얼굴의 이름이 생각나지 않을 때 종종 프로그램을 실행하곤 했다.

분석을 위해 외장 하드 속 사진들과 인물 매칭을 시작했다. 얼마 지나지 않아 결과가 나왔다.

[ 대형 로펌 지앤조의 조동연 변호사(검사 출신).jpg ]

그였다. 오늘 법정에서 무례한 질문을 퍼붓고 주차장까지 따라와 헛소리를 지껄이던 원고 측 변호사, 조동연. 이제야 10년 전의 기억이 났다. 선희의 남편은 초임 검사라고 했다. 검사를 그만두고 변호사가 되었구나. 직업상 얼굴을 인식해야 할 일이 많기도 하지만, 특히나 변호사와 검사들은 체형이나 스타일이 비슷해서 난감했던 적이 왕왕 있었다. 그래서 혜인이 업계 종사자들을(변호사, 검사, 판사, 경찰, 방송국 PD, 기자… 종류가 다양하다.) 혹시나 마주치더라도 헷갈리지 않도록 검색한 이미지를 폴더별로 정리해 놓았다. 하지만 혜인의 수고가 헛되게도 대아는 오늘 조동연을 알아보지 못했다.

선희의 결혼식에 참석했던 대아로선 그를 전혀 몰라봤다는 사실에 스스로 놀랐다. 그래서 아는 척을 한 건가. 다시 결혼식 사진을 봤다. 10년이면 강산도 변한다지만 그때보다 살도 찌고, 머리도 많이 빠졌다. 10년 전엔 분칠을 하고 눈썹도 그려서 그런지 인상도 선해 보였는데…. 지금은 관상이 영 맛이 갔다. 동일인 분석 알고리즘이 제대로 작동하긴 하는 거겠지? 그건 그렇고 영상 분석도, 동일인 식별도 AI가 한다지만, 그 일로 밥 벌어 먹고사는 주제에 사람 하나 알아보지 못한 제 눈이 점점 쓸모없어지고 있다는 생각에 대아는 문득 서글퍼졌다. 이젠 눈에 보이는 그 어떤 것도 확신할 수 없을 것 같다.

*

다음 날, 출근하자마자 혜인에게 잡혀 있던 상담 예약과 인터뷰, 촬영을 모두 취소해 달라고 부탁했다.

— 뭐, 전부요?

— 네, 전부요.

— 후폭풍 장난 아닐 텐데…. 사유는요?

— 사유는, 음… 박사 개인의 심경 변화?

— 무슨 연애 프로 인터뷰해요?

— 그럼 건강상의 이유?

— 어제까지 멀쩡하게 인터뷰하던 사람이 그러면 최소 죽을병이어야 돼요.

예상대로 혜인은 호락호락하지 않았다. 하지만 물러설 대아가 아니다.

— 그래요, 그럼 이대아 박사의 개인적인 사정으로 인한 불가피한 취소라고 합시다.

— 그러니까 그 불가피한 상황이 뭐냐고요.

— 말 그대로 개인적인, 말할 수 없는 사생활이에요. 됐죠?

대아는 제 방으로 들어와 변호사들에게 당분간 의뢰를 받지 못한다는 이메일을 돌렸다. 변호사와 검사, 경찰청, 해경 측에서 무슨 일이냐며 수십 통이 넘는 전화가 걸려 오는 통에 혜인은 점심도 걸러야 했다. "도대체 저 인간, 무슨 속셈이야?" 혜인은 대아의 연구실을 가린 블라인드를 엄지와 검지로 살짝 벌려 대아를 훔쳐보며 중얼거렸다. 아니, '감시했다'라는 표현이 더 정확할지도. 혜인이 며칠간 대아를 관찰한 결과, 그 여자가 다녀간 뒤로 출근해서 하는 일이라곤 의자에 앉아 온몸에 힘을 쭉 빼고, 천장을 향해 눈을 껌뻑거리는 것뿐이었다.

지난달, 미스터리 다큐 프로에 패널로 나가 UFO 영상 분석을 하고 오더니 외계인과 접선이라도 하는 걸까? 대아를 보는 혜인은 속이 터졌다. 픽 하면 공짜로 분석을 해 주질 않나(집 나간 시골 똥개 찾는 일에 진심이다.), 대구까지 KTX를 타고 내려가 증인 참석을 하질 않나(경비가 많이 깨져서 가성비가 안 맞는다.), 이 정도 유명해졌으면 돈을 싹싹 긁어모을 수 있을 텐데, 하다 하다 이젠 뭐? 상담을 다 취소하라고?

집요한 수준을 넘어 집착하듯 파헤치던 사건들에 무관심해진 게 그 허옇고 말라비틀어진 여자 때문이라고 확신한 혜인은 대아의 방문을 노크도 없이 힘차게 열었다.

— 박사님, 혹시 그 여자, 박사님 첫사랑이에요?

대아는 의자에 앉아 눈을 감고 코웃음을 치며 혜인이 하는 말을 가만히 듣고 있다가 말했다.

— 첫사랑은 무슨.

선희는 대아에게 사랑이라고 단순하게 말하는 그런 감정을 초월한 무언가였다. 선희와 함께 있을 때는 자신도 항상 빛이 나는 것 같았다. 결핍되어 있던 어떤 부분을 채우는 특별한 존재처럼 느껴졌다. 지금 와서 돌이켜보면 선희는 대아에게 친구 이상이었다. 젊음이었으며, 희망이었고, 꿈이었다. 게다가 그 여자는 선희가 아니고 그녀의 여동생이라고. 완전히 잘못짚었습니다, 조혜인 씨.

— 아, 그럼 뭐예요! 왜 그날 이후로 혼이 쏙 나가 버렸냐고요!

혜인이 궁금함에 속이 뒤집힐 듯 답답해하며 펄쩍펄쩍 뛰었다. 그녀가 연구소의 에이스 직원인 이유, 궁금한 건 못 참는 성격 때문이다. 혜인은 제 왼손을 재킷 안주머니에 넣으며 협박조로 말했다.

— 나 이거 확 던져요? 그래야 정신 차리실래?

여기가 미국이었다면 혜인이 안주머니에 숨긴 총을 꺼내는 줄 알았을 것이고, 대아는 책상 밑으로 몸을 숨겼을 것이다. 하지만 여긴 총기 소지가 불법인 대한민국이다.

눈을 감고 있어도 혜인의 동작을 훤히 꿰뚫어 보는 대아가 자연스레 손을 내밀었다. 혜인은 투명한 사람이다. 겉과 속이 다르지 않고, 속내를 숨기지 않는다. 남들은 속으로 하는 욕도 입 밖으로 쉽게 꺼낸다. 그래서 그녀가 하는 말과 행동은 보지 않아도 예상할 수 있다.

— 혜인 씨, 나는 틀린 것 같아. 그 가슴속에 품은 거, 협박할 때마다 써먹는 그거, 줘. 처리해 줄게. 혜인 씨도 더 늦기 전에 다른 일 찾아야지.

대아가 혜인을 향해 손을 뻗자, 혜인은 한발 물러났다. 이 또라이의 기세에 또 밀렸다고 생각했는지, 혜인이 재킷 안주머니에 넣은 손을 머쓱하게 슬쩍 뺐다.

— 역시, 병원에서 좀 쉬래죠? 그럴 줄 알았다니까.

혜인이 얼마 전에 대학 병원을 다녀온 대아의 상태가 신경 쓰여 물었다. 평소의 대아라면 그러게 일 좀 작작 시키라며 타박을 놓을 게 뻔했다. 그런데 오늘은 웬일인지 조용히 고개만 끄덕였다. 혜인은 대아가 제게 뭘 숨기는 것 같다는 직감이 들었지만, 하고 싶은 말을 삼키고 먼저 퇴근해 보겠다며 방을 나갔다.

혜인이 나가자, 대아는 스마트폰을 열어 인스타그램을 켜고 검색창에 'sunny_2510'을 입력했다. 선희가 올린 마지막 피드, 하늘 사진을 본다. 구름 한 점 없는 파란 제주의 하늘은 청량하기만 하다.

— 내 모든 사진에는 이야기가 있어. 주인공도 있고, 조연도 있어. 시대적 배경도, 그날의 날씨, 온도까지 모두 사진에 담을 거야.

선희는 종종 그렇게 말했다. 사진 속에 모두 있다고.

인천의 소래포구에 출사를 간 어느 날이었다. 셔터를 한참 동안 누르지 않고 뷰파인더만 보고 있는 선희에게 왜 셔터를 누르지 않느냐고 물었다.

— 구름의 시간을 담고 있어.

— 이미 흘러가고 없잖아. 흘러가고 없는 걸 찍으면 무슨 소용이냐?

— 다른 사람은 몰라도 내가 알잖아. 이 사진 속에 구름이 다녀간걸. 이 사진을 보면, 난 이날의 구름을 떠올릴 거야. 물론 내 옆에 있는 선배도 떠오르겠지. 그리고 우리가 이 얘길 나눈 순간도 기억할 거야. 사진은 그러려고 찍는 거 아니야? 기억하려고.

선희는 이따금 몽환적인 말을 하곤 했는데, 그럴 때면 그녀 안의 우주는 도대체 어떻게 생겨 먹었을까 궁금했다. 선희에겐 살아 있음과 동시에 순식간에 휘발해 버릴 것 같은 아슬함이 공존했다. 마치 지구에 잠깐 모험을 나온 다른 행성의 사람처럼.

— 없잖아, 아무것도! 자꾸 이런 식으로 문제를 내면 곤란하다고.

대아는 선희가 그런 식으로 숨겨 놓은 숨은 그림은 쉽게 찾지 못했다. 선희는 웃으며 "선배, 잘 생각해 봐. 넌 할 수 있어."라고 했다. 내가 점쟁이도 아니고, 흘러가 버린 뷰파인더 속 피사체를 어떻게 맞출 수 있단 말인기? 그런데 넌 할 수 있다는 말이 묘하게 좋아서, 선희가 내는 이상한 문제들을 내심 기다리게 되기도 했다.

대아는 선희가 인스타그램에 업로드한 구름 한 점 없는 하늘 사진을 뚫어져라 봤다. 선희는 지나가는 구름을 한참 올려다보고, 서울로 가는 비행기도 몇 대, 습지로 날아가는 철새 떼를 가만히 들여다봤겠다. 그러다 철새가 열을 지어 머무를 곳을 찾아 떠나고 나면 그제서야 촬영 버튼을 눌렀겠다. 그리고 내게 사진을 내밀며 이 사진에 기억을 담았으니 흘러가 버린 것들을 찾아보라고 할 것만 같았다.

*

　연구소에서는 의뢰를 받기 전, 샘플 분석을 진행한다. 의뢰받은 영상이나 사진이 분석 가능한 자료인지 미리 확인하는 필수 절차다. 혹시 조작이나 편집된 증거물이라면 분석에 의미가 없기 때문에 과감히 의뢰를 거절한다. 어떤 사람들은 편집, 조작, 그런 거 모르겠고 무작정 분석해 달라 떼를 쓴다. 하지만 해 달라는 대로 다 해 주면 짝퉁과 다를 바 없다는 게 대아가 고수하는 신념이었다. 증거의 효과가 있는 증거물을 면밀히 분석해, 유의미한 결과를 내야지만 법 영상 분석이란 학문이 쓸모가 있다.

　선영이 정식 의뢰를 한 만큼 샘플 분석을 먼저 하기로 했다. 의뢰를 받아들이겠다는 뜻은 아니었다. 눈물을 모두 쏟아내 파삭하게 메마른 선영의 의뢰를 매정하게 거절하기는 힘들고, "샘플을 봤는데 역시 내가 할 수 있는 능력 밖의 일이다."라고 핑곗거리를 만들기 위함이다.

　USB를 노트북 포트에 꽂아 넣자, 선희가 찍은 사진과 영상 섬네일이 화면을 가득 채웠다. 제주 풍경을 찍은 사진이 유난히 많았다. 선희는 제주에 머물며 산책을 부지런히 다닌 모양이다. 오름의 정상에서 제주 해안을 내려다보는 시원한 경관과 한라산의 웅장한 절경, 동백 군락지의 고혹적인 풍경, 거센 파도가 부서지는 찰나를 포착한 사진까지. 유명 작가의 작품이라고 해도 믿을 정도로 흡입력 있는 사진이었다.

　얼마간 사진을 감상하다가 샘플 분석에 쓸 사진 하나를 골랐다. 성산 일출봉에서 찍은 일출 사진이었다. 선희는 일출 촬영을 좋아했다. 영하 20도가 넘던 어느 해 겨울, 새해 첫 일출을 찍겠다는 선희를 따라 산에 올랐다. 정상에서 몇 시간씩 발을 동동 굴리며 버텼는데, 구름 때문에 일출 촬영에 실패했다. 대아는 그날이 떠올라 픽 하고 웃음이 나왔다. 성산 일출봉에서의 사진은 제주의 바람과 추위가 오롯이 느껴지는 선희다운 사진이었다. 그런데 이 사진, 비율이 어딘가 이상하다. 스마트폰으로 촬영된 사진은 가로세로 비율이 정형화되어 있다. 사진의 속성값을 확인하자, 스마트폰에서 기본 기능으로 제공되는 규격화된 비율의 사진이 아니었다. 대아는 이 사진을 더 면밀히 분석해 보기 위해서 트리밍 복원 프로그램을 켰다. 영상 분석을 공부하던 대학원 시절, '트리밍된 영역의 크기 복원 방법'에 관련된 논문을 쓴 적이 있었다. 사진의 잘려진 부분의 위치와 크기를 추측해 주는 프로그램이다. 원본으로 복원은 어렵지만, 이 사진이 원본이냐 아니냐를 확인할 때 사용한다. 선희가 찍은 풍경 사진을 프로그램에 업로드했다.

잠시 뒤, 하단 부분이 20% 잘린 사진이라는 결과가 출력되었다. 뭘 잘라 낸 걸까? 사진의 아래에 관광객의 머리가 걸렸을 수도 있고, 날아가던 먼지가 렌즈에 묻어 사진의 일부를 잘라 냈을지도 모른다. 하지만 대아는 이런 작은 의문점을 그냥 넘길 수 없는 성격이었다. 성산 일출봉은 워낙 유명한 관광지니까, 같은 구도로 찍힌 사진이 분명히 있을 거다. 구글의 이미지 검색 엔진에 선희가 찍은 성산 일출봉 사진을 업로드했다. 사진을 풍경과 맞춰 보며 일치된 뷰를 정렬시켰다. 잘린 사진의 일부는 생각보다 쉽게 찾았다. 한 블로거가 선희가 찍은 사진과 완벽히 구도가 일치하는 사진을 찍어 올린 것이다.

잘린 부분은 목재로 된 난간이었다. 난간에 붙은 안내판을 확대했다.

[ 추락 주의: 기대지 마시오. ]

기대지 말라고, 기대면 위험하다는 경고 메시지를 가

만히 들여다보던 대아의 가슴속에서 무언가 울컥 치밀었다. 그것은 아마… 미안함이었다. 작별 인사도 못하고 선희를 멀리 떠나보낸 게, 끝까지 기댈 수 있는 사람이 되지 못한 게 사무치게 미안해졌다.

스무 살 무렵에 나는 내가 특별하다고 생각했다.

허나 사는 일은 계속 나의 평범함을

확인하는 시간이었다.

내가 인생에서 가장 특별하다는 착각이

사람을 살게 하는 건가.

난 이제 더 이상 반짝거리지도 특별하지도 않다.

색채가 없고 생명력이 없다.

가족들은 여전히 내게 기대한다.

잘 살아야 한다고. 행복해야 한다고.

예전처럼 반짝이라고.

그런데 난… 그런 기대보다 기댈 곳이 필요했다.

# 2

AM 5:36 어두운 방, 디지털시계의 노란 불빛만이 빛나고 있다. 대아는 서서히 눈을 떴다. 아침에 눈을 뜨는 일이 두렵기 시작하면서부터 역설적으로 눈이 더 빨리 떠진다. 요즘은 잠에서 깰 때 하나, 둘, 셋… 속으로 숫자를 센다. 알람 소리에 반사적으로 눈을 떴다가 갑자기 세상이 암흑이면 예견된 절망도 갑작스러운 비극이 될 것만 같았다. 그래서 "보이지 않더라도 좌절하지 말자." 곱씹으며 눈을 뜬다. 러시안룰렛 게임을 하는 기분. 어제는 피했고, 오늘도 피했고, 그렇다면 내일은? 일주일 뒤는? 언제 갑자기 안 보일지 알 수 없는 불안한 두려움. 복불복. 알 수 없는 미래는 사람을 살게 하지만, 예고된 불행은 사람을 미치게 한다.

*

　아침 7시. 남들보다 조금 이른 시간에 출근길에 올랐다. 아직 이른 시간이라 지하철역은 한산했다. 평소와 다름없는 출근길인데도 허리를 곧게 펴고 긴장감 있게 걸었다. 새로 산 구두를 신었더니 뒤꿈치가 따가운 탓이다. 지하철 승강장 앞에 섰다. 전철을 기다리는 사람들은 하나같이 스마트폰을 보고 서 있다. 대아는 출근길에 사람들이 무의식중에 하는 행동들을 관찰하는 게 습관이다. 의뢰해 오는 많은 영상 중 인물의 특징을 파악해야 할 때가 많기 때문이다. 한쪽 손으로 전철 손잡이를 잡고 짝다리를 짚는 사람, 왼손과 오른손을 옮겨 가며 스마트폰을 자주 번갈아 잡는 사람, 눈을 자주 깜빡이는 사람, 걸음걸이가 특이한 사람 등 다양한 사람의 행동과 습성들을 본다.

　영상 속 인물이 스마트폰을 보면서 일정 속도로 검지를 툭툭 스와이프한다. 저건 뭘까? 숏폼 영상을 보는 것 같기도 하고, 요즘 MZ 세대들이 많이 한다는 앱을 하는 중일지도 모르겠다. 그런 행위들을 관찰하고 알고 있는 게 도움이 된다. 하지만 오늘만큼은 아무것도 보고 싶지 않아 눈을 감았다.

— 이번 역은 9호선, 공항철도로 갈아타실 수 있는 김포공항, 김포공항역입니다. 내리실 문은 오른쪽입니다.

안내 방송 소리에 눈을 떴다. 인기척이 느껴져 무심코 고개를 돌렸다. 출입문 앞에 서 있는 젊은 남자가 캐리어 손잡이를 한 손으로 꼭 쥐고 달뜬 얼굴을 하고 있다. 분명 어딘가로 여행을 떠나는 얼굴이다. 여행이라⋯. 연구소를 오픈하고 몇 년간 여행을 가 본 적이 있었나? 잠깐 떠올렸는데 생각나지 않았다. 연애도 멀리하고, 취미도 없이 그저 사건 하나를 후련하게 끝내고 나면 국밥에 소주 한잔 마시는 게 전부인 일상. 혜인의 표현대로라면 재미라곤 더럽게 없는 인생이다. 그동안 참 쉼 없이 일했다고 스스로 대견하게 여기는 동시에 휴식도 없이 일만 하며 달려온 제 인생이 애처롭게 느껴졌다. 김포공항역 문이 열렸다. 충동적으로 남자를 따라 내렸다.

대아는 남자의 뒤를 쫓아 걸으며 한쪽 주머니에 손을 넣었다. 목캔디 세 알이 만져진다. 그중 하나를 꺼내 포장을 까서 입에 넣고 굴리며 대아는 생각했다. 휴가를 가야겠다. 제주가 좋겠다. 돌아오는 티켓을 사지 않고 있고 싶을 때까지 머물러야지. 노트북도 있겠다, 제주에 가기엔 충분하다고.

지하철에서 김포공항 대합실까지 이어진 무빙워크를 탔다. 벽면 전광판에는 한라산의 맑은 물을 홍보하는 한류 스타가 느끼하게 웃고 있었다. 언젠가 혜인이 저 배우와 결혼할 수 있다면 영혼이라도 팔겠다고 한 말이 생각났다. 왜 여자들은 저렇게 느끼한 짝대기 같은 놈들을 좋아하는 거야? 무빙워크 위에서 스마트폰으로 가장 빠른 시간의 제주행 항공권을 구매하고 혜인에게 문자를 남겼다.

[ 2주간 휴가. 잘 지내고 있어. 돈 많이 준다는 데 있음 가고. ]

메시지를 받은 혜인은 가슴에 품은 하얀 봉투를 책상 위에 던지고 낮술을 마시겠지? 이 박사 놈 때문에 내가 제명에 못 죽는다며 내 욕을 실컷 하고 있을 혜인을 생각하니 풉 웃음이 나왔다.

*

비행기는 활주로를 천천히 달리기 시작했다. 비행기가 이륙하기 전, 숙박 사이트에서 숙소 하나를 서둘러 예약했고, 복도 측 자리에 앉아 노트북을 열었다. 사건 기록을 읽을까 하다가 관두었다. 다운로드를 받아 놓고 머리를 비우고 싶을 때마다 플레이하는 오래된 드라마 〈베토벤 바이러스〉[4]를 재생했다. 강마에가 엉망진창 단원들에게 막말을 쏟아 내는 2부 요약으로 3부는 시작한다.

— 클래식은 개-똥이다. 와장창, 우당탕탕, 뿌우! 구제 불능, 민폐, 걸림돌, 똥.덩.어.리!

하-암. 잔잔한 클래식이 아닌 강마에가 윽박지르는 소리에 잠이 쏟아졌다. 비행기의 엔진이 이륙을 결심하고 속도를 내기 시작하자, 곧바로 잠이 들었다.

이륙한 지 얼마나 됐을까? 드라마에선 단원들이 너른 초원에서 넬라 판타지아를 연주하고 있다. 오랜만에 푹 잤다고 생각하며 눈을 떴다. 그러고 보니 방금 눈을 뜰 때 속으로 숫자를 세지 않았다. 음악 때문인가? 그렇다면 알람을 넬라 판타지아로 바꿔야겠다고 생각하는데, 비행기가 지면에 닿는 울렁임이 느껴졌다.

제주다. 제주에 왔다.

---

4  2008년 방영된 MBC 드라마

*

    대아는 공항에 내려 렌터카를 인계받고 서쪽 해안 도로를 따라 숙소로 달렸다. 키가 큰 야자수를 보니 해외에 온 느낌이다. 윈드서핑 보드를 탄 사람들이 바람을 타고 파도를 따라 출렁이는 장면을 보다가 제주로 내려와 바람을 찾아다니면 어떨까 생각한다. 바다의 한가운데서 갑자기 앞이 캄캄해진다면 그런대로 나쁘지 않을 것 같다. 블랙박스나 CCTV를 보다가 암흑 속에서 길을 잃는 것보다는 바다 위에서의 표류가 자연스럽지 않을까 하고.

    쓸데없는 생각들을 하다가 익숙한 해안 도로에 차를 세웠다. 서울과 다른 온도. 제주의 공기는 벌써 봄이다. 드문드문 벌써 유채가 머리를 들었다. 겨우내 죽은 것 같던 색들이 언제 그랬냐는 듯 풋내를 풍기며 튀어 오르는 걸 보며 한참을 걷다가 벤치에 앉았다. 난간이 설치된 절벽, 나란히 바다를 향해 놓인 두 개의 벤치. 애월 해안 산책로는 대학 시절 동아리 정기전 전시에 출품할 사진을 찍으러 들렀던 곳이다. 나는 아저씨가 되었고, 선희는 이 세상에 없다는 사실만 빼면, 두 개의 벤치도 새

파란 애월의 앞바다도 그대로다. 애월 앞바다의 물결을 살리기 위해 버닝과 닷징[5]을 수없이 하고, 인화지를 서른 장도 넘게 버렸다. 14년 만에 마주하는 풍경에 잊고 지내 온 오랜 친구를 만난 듯 벅찼다. 한참을 바다를 바라보며 앉아 있다가 주머니를 뒤져 두 번째 목캔디를 꺼내 물었다. 주머니에서 이어폰을 꺼내 귀에 꽂으니 즐겨 듣던 노래가 재생되었다. 마침 해가 질 시간이다. 붉은 노을이 파도에 반사되어 찰랑였다. 물결이 출렁일 때마다 오렌지 빛깔의 노을은 홀로그램처럼 핑크색이 되었다가 보라색이 되었다. 오감으로 제주를 느끼려 눈을 감는다. 제주의 따뜻한 바람이 살결을 간지럽히고, 눈꺼풀 안으로 노을이 들어와 온통 감귤 색으로 물들었다. 그러다 눈꺼풀이 일순간 어두워졌다. 젊은 남자 셋이 갓길에 차를 주차하고 대아의 앞으로 섰다. 노을을 감상하는 아저씨 기분 따윈 아랑곳하지 않는 청년들이 큰 소리로 떠들었다. 청년들의 그림자로 시야가 완전히 어두워지자 눈을 떴다. 그들은 한 명씩 돌아가며 난간에 기대 손가락으로 브이를 그렸다.

---

5  버닝(Burning): 특정 영역을 남긴 부분에 노광을 더 줌으로써 어둡게 만드는 기법
닷징(Dodging): 특정 영역을 가린 부분에 노광을 덜 줌으로써 밝게 만드는 기법

— 미친 새끼, 똑바로 못 찍냐?

— 씨발, 네가 똑바로 서든가!

쌍욕을 곁들여 우정을 과시하던 청년 중 하나가 보란 듯이 난간에 올라 한 발을 들고 곡예를 하듯 포즈를 취했다. 친구들은 그가 영웅이라도 된 듯 엄지를 추켜세우며 "존나 멋있어!"를 연발했다. 대아의 구식 유선 이어폰으로 청년들의 환호성이 생생하게 들려왔다. 요즘 광고하는 노이즈 캔슬링이 되는 블루투스 이어폰을 살 걸 그랬다. 난간 아래는 30미터가 넘는 현무암 절벽이다. 미끄러지면 바로 골로 간다. 게다가 제주 바람은 20대 장정도 거뜬히 날려 버릴 수 있을 만큼 거세게 불고 있었다. 대아는 일몰 감상을 포기하고, 저도 모르게 제발 저 아이가 떨어지지 않기만을 바랐다. 부주의로 눈 깜짝할 새 사망한 사건들 속 사망자들의 얼굴이 스쳤기 때문이다.

실족 사고는 유난히 바다나 산에서 많이 일어난다. 정확히 어디라고 특정하지 않은 채로 전달받을 때가 많아서(법 영상 분석이 수사권이 있는 건 아니기에 의뢰한 쪽에서 전달해 주는 영상과 정보만으로 판단할 때가 대부분이다.) 대아의 입장에서는 영상만 보고 어딘지 대충 짐작만 할 뿐이다. 어떤 해안 마을의 포구는 사람을 집

어삼킨다 하여 수사귀[6] 포구로 불리는 곳도 있었다. 이
곳도 몇 명이 목숨을 잃고 나서야 난간을 설치한 것일지
모른다. 실족 사건들은 위험한 행동에서 비롯된다. 장
난과 죽음을 가르는 시간은 단 0.1초, 한 발짝이면 족하
다. 한 발짝을 더 딛고는 그제야 '아차' 하는 얼굴들을 수
없이 봐 왔다. 그 참혹하고도 슬픈 얼굴을. 살아서 펼치
고 싶은 그 많던 희망이 절망으로 곤두박질치는 공포가
그대로 투영된 얼굴을. 그 얼굴들은 종종 꿈에 나와 불
면을 일으켰다. 대아는 그대로 눈을 감았다.

더 이상 죽는 건 보고 싶지 않아!

사람이 죽는 순간을 너무 많이 본 탓인지, 아니면 선
희가 죽었다고 하니까 더 이상 죽은 사람이 보기 싫은
건지, 뭐가 먼저인지는 모르겠다. 하지만 언제 어디서 갑
자기 앞이 안 보일지 모르는 상황에 마지막으로 보는 게
누군가의 죽음이고 싶지는 않다.

다행히도 해가 바다 아래로 내려가자, 난간에 올라섰
던 남자도 얌전히 내려왔다. 그들은 찍은 사진을 머리 모
아 보면서 소란스럽게 차에 올라탔다. 대아는 청년들의
출발 소리에 안도했다. 입안에서 굴리던 매끈한 목캔디

---

6  물속에 있는 지박령으로, 물에 들어온 사람을 끌어들여 익사시킨다고 한다.

가 혀를 벨 듯 날카로워지자, 대아는 사탕을 깨물었다. 그새 해는 수면 아래로 완전히 가라앉았다.

*

'제주 소랑 스테이'라는 작은 현판이 걸려 있는 주택 입구에 도착했다. 현무암으로 담을 쌓은 제주스럽고 소담한 숙소였다. 60대로 보이는 여자가 양손으로 나무 대문을 밀며 나왔다.

— 오셨어요? 기다리고 있었어요.

따뜻하고 푸근한 인상을 지닌 호스트였다. 호스트는 금방 대아를 알아봤다.

— 혹시 TV에 나오는 영상 분석가 아니세요? 저 너무 팬이에요.

감사하다 짧게 묵례하고 예약 오픈이 이틀밖에 안 되어 있던데, 가능하면 길게 숙박할 수 있는지 물었다.

— 죄송하지만 제가, 음….

호스트는 고민하는 듯 뜸을 들였다. 혹시 사건 사고

를 취재하러 온 줄 알고 저러나? 내가 오래 머무는 게 께름칙한 걸까? 그냥 쉬러 온 거라고 말하려는데, 호스트가 말을 이었다.

— 딸이 부산에 사는데, 내일모레 출산이에요. 장박이면 중간에 수건도 갈아 드려야 하는데, 청소랑 관리를 해 드릴 수가 없어서요. 딸 몸 풀 때까지는 있어야지요.

괜한 걱정을 했다. 관리는 필요 없고 이 주간 쉬다가 청소는 직접 하겠다고 말하자, 호스트는 열쇠를 넘겼다. 당부도 잊지 않았다.

— 집을 맡겨 놓으면 남의 집이라 생각해 함부로 쓰는 사람이 워낙 많아요. 웬만해서는 모르는 게스트한테 집을 오래 안 맡기는데… TV에도 나올 만큼 신분이 확실한 분이니 특별히 믿고 가도 되겠죠?

얼굴이 알려진 게 유리할 때가 있다. 불리할 때가 더 많지만.

호스트가 친절하게 대문을 열어 주었다. 마당으로 들어선 대아는 작게 감탄사를 내뱉었다. 본채와 별채가 구분된 한옥식 구조에 현대식 인테리어를 더한 생활형 숙소. 200년은 족히 넘은 듯한 팽나무가 마당의 한가운

데서 집을 지키고, 돌담을 따라 심어진 당유자나무가 제주에 온 걸 실감케 하듯 새콤달콤한 향을 물씬 풍겼다. 애니메이션에나 나올 법한 신비로운 기운마저 느껴지는 이런 집을 소유한 호스트에게 질투가 났다.

호스트를 따라 실내로 들어갔다. 앞마당이 훤히 내다보이도록 큰 창이 있는 거실에는 좋은 나무로 만든 테이블이 놓여 있었다. 글을 쓰거나 커피를 마시기 좋아 보였다. 맞은편에 있는 주방에는 작은 싱크대가 있어 간단한 요리를 할 수 있고, 에스프레소 머신도 있었다. 주방을 지나 좁은 통로로 들어가면 침실이 나오는데, 침대는 넓었고, 세로로 길쭉하게 난 창으로는 앞마당과 같이 잘 정리된 뒷마당이 보였다. 전체적으로 없을 건 없고, 있을 건 다 있는 숙소였다. 있으면 편하지만 없어도 신경 쓰이지 않는 것들은 들이지 않고, 없으면 호스트의 불성실함을 꼬집게 되는 것들은 빠짐없이 채워진 그런 숙소. 가능한 한 오래 머무르고 싶은 집이다.

그녀의 부탁으로 앞마당에 나가 함께 사진을 몇 장찍었다. 모르는 사람과 사진 찍는 일은 아직도 영 쑥스럽지만, 숙소가 너무 마음에 들어서 활짝 웃었다. 호스트는 아직 아침저녁으로 쌀쌀하니 따뜻하게 지내라면서 비싼 기름보일러의 온도를 더 높여 주고 딸의 집으로 떠났다. 낯선 이의 배려를 받으니, 서울에서 데려온 겨울이 봄이 되어 녹는 듯했다. 그리고 기절하듯 잠들었다.

다음 날은 제주시 전통 시장에 들러서 필요한 것들을 샀다. 싸구려 운동화와 가볍게 입을 캐주얼 옷 몇 벌, 그리고 고기와 술도 샀다. 며칠간 머무르면서 그동안 못했던 것들을 하며 푹 쉬어 볼 참이었다. 늘어지게 잠자기, 야외에서 고기를 구워 소주와 함께 먹기, 별 올려다보기 같은 특별하지 않지만 쉽지는 않은 일들을 해야지.

숙소로 돌아와 앞마당에 놓인 바비큐 그릴에 숯을 채워 넣고 불을 피웠다. 차지도, 뜨겁지도 않은 적당한 바람이 불어왔다. 제주산 돼지고기를 그릴에 구워 한입 먹고 한라산을 한 모금 마시니 이보다 좋을 수가 없다. 이 순간만큼은 켜켜이 쌓여만 가던 불안과 걱정들이 내일 일로 느껴졌다. 내일 걱정은 내일부터. 낮게 중얼거리자, 대아는 마치 자신이 낙관주의자가 된 것만 같았다.

라면수프를 냄비에 털어 넣으며 제주에 내려와서 살면 어떨까 생각했다. 앞이 보이지 않는데도 바람 소리나 나무 잎사귀들이 부딪히는 소리와 함께 살면 그런대로 괜찮지 않을까? 그나저나 시각 장애인이 되면 혼자

살 수 있을까? 허리가 좋지 않은 부모님께 불혹이 된 아들의 뒤치다꺼리를 하게 하는 불효는 저지르고 싶지 않은데…. 밥은 어떻게 먹어야 하지? 라면을 끓이는 이 쉬운 일조차 혼자 할 수 없을 것 같다. 인덕션에 손을 데고, 엉뚱한 곳에 라면수프를 털어 넣고, 물 조절은커녕 면이 다 익었는지 불어 터졌는지조차 모를 테지. 물이 끓는 동안 제주 장애인 지원 센터 홈페이지에 들어가 장애인 돌봄 서비스는 잘 되어 있는지 살폈다. 연금 보험을 해지하면 얼마 정도 받을 수 있는지도 확인했다. 그러다 문득 이런 걱정이 의미가 있을까 생각한다. 불행을 미리 준비한다고 해서 불행하지 않을 수 없지 않나. 조금의 불편은 덜 수 있겠지만, 편리해지는 건 아니니까. 이내 허무함이 밀려들었다. 괜히 나중을 생각했다가 자신이 무력하다는 사실을 받아들이는 일 말고는 할 수 있는 게 없다는 사실만 깨달을 뿐이었다.

그럼 이제 무엇을 해야 할까…. 제주 하늘 위로 한숨을 푸우 내뱉자, 그때 대야의 안에 사레처럼 걸려 있던 선희의 이름이 튀어나왔다.

제주에 쉬러 온 건 핑계고, 사실은 선희의 이야기를 찾으러 온 거잖아.

멀어지고 싶었다. 코앞으로 다가온 절망도 어쩔 줄 모르겠고, 그녀의 부고를 3년간 모르고 살아온 부채감에 혼란스러워 어디로든 숨고 싶었다. 쉼을 핑계로 제주에 와서 이러고 있는 자신이 한심하기까지 했다.

모든 걸 그만하고 싶다고 생각한 순간에 알게 된 선희의 죽음. 실은 이미 며칠 전 선희가 찍은 사진이 잘린 것을 확인했을 때, 대아는 선희가 자신에게 할 말이 있는 게 분명하다고 직감적으로 느꼈다. 하지만 외면하고 있었다. 그런데 이제, 도망치지 말고 직면해야 할 시간이 다가왔음을 받아들여야 했다. 솔직해져야 할 때가 온 것이다.

선희의 마지막 이야기를 써야겠다. 어쩌면 내가 마지막으로 보는 영상 속 진실일지도 모른다.

대아는 선영에게 메시지를 남겼다.

[ 그 의뢰, 받을게요. ]
[ 진실만 이야기해 주세요. 그것이 무엇이든 다 받아들이겠습니다. ]

선영에게서 짤막한 답장이 왔다.
이런 의뢰는 처음이었다. 실족인지 자살인지를 가려

달라는 것도 아니고, CCTV에 찍힌 범인과 용의자를 대조해 달라는 것도 아니고. 위변조 영상을 가려 달라는 것도, 사라진 사람을 찾아 달라는 것도 아닌, 그저 살아 있을 때의 이야기를 들려 달라는 의뢰.

연구소에서 의뢰받는 사건은 꽤 다양하다. CCTV, 블랙박스, 사진, 목격자의 스마트폰 촬영 영상 등 분석해야 하는 자료도 가지각색이다. 끔찍한 형사 사건뿐 아니라 집 나간 반려견을 찾아 달라는 간절하지만 귀여운 의뢰도 종종 있다. 가끔 방송국에서 UFO 존재를 확인해 달라거나 심령사진을 가져와서 진짜 귀신이 맞는지 확인해 달라는 의뢰도 있는데, 그런 의뢰를 받는다고 해서 우주로 나가 우주인의 궤적을 쫓고, 귀신을 찾아 폐가로 갈 순 없다. 대부분 사진이나 영상으로 분석한다. 물론 현장 조사가 필요한 경우가 왕왕 있다. 대아는 수사를 하는 형사가 아니고, 찍혀 있는 영상 및 사진 정보를 기반으로 분석하는 영상 분석가이다. 하지만 이번은 조금 다르다고 생각했다. 사실만을 전달하는 것이 아니다. 선영의 말처럼 선희의 궤적을 따라가 진실을 전달해 줄 것을 그녀에게 약속했다. 최선을 다하겠노라고.

대아가 아는 선희라면 자신의 마지막 이야기를 써 주

길 원하고 있을 거라 믿기로 했다. 어쩌면 선희는 3년 동
안 대아를 기다렸을지 모른다.

# 3

거실 테이블에 앉아 노트북을 열었다. 선희의 자료를 보기 전, 남편에 대한 정보를 수집해 보기로 했다. 사진을 분석할 때 낯선 사람의 것으로 보이는 물건이 남편의 물건일 수도 있다. 그런 정보는 최대한 많이 알고 있는 게 좋다. 게다가 그는 유일한 목격자이자 전후 상황을 모두 알고 있는 사람인 데다 생전 선희의 법적 보호자이기도 하니까. 행여나 새로운 사실을 알게 된다면 그에게도 알려야 할 의무가 있다. 선영에게 부탁해 그의 연락처와 SNS 계정을 전달받았다.

조동연의 인스타그램을 열었다. 그의 피드에는 고급 승용차의 엉덩이가 잘 빠졌네, 어쩌네 하는 쇳덩이도 들으면 수치스러울 만한 코멘트와 함께 과시용 사진들이 올려져 있었다. 제주에 있는 동안은 스크린 골프를 치러 갔던 사진이나 렌트한 스포츠카 사진을 주로 업로드했고, 3년 전 선희의 사고 이후로는 게시물을 업로드하지 않았다. 언덕에서 찍은 선희 사진이 마지막 게시물이었다. '아내와 제주 한달살이 중'이라는 코멘트와 함께 올린 사진에는 금새오름이 태그되어 있었다.

『 조동연의 SNS 게시물, 업로드 날짜 - 2021년 11월 18일 』
선희가 오름의 정상에 서서 바다를 바라보고 있다. 어디 숨어 있다가 가을만 되면 이때다 하고 나타나 큰 키와 풍성한 깃털을 치렁치렁 풀럭이는 억새풀이 선희의 키만큼 자라나 있다. 제주의 가을 하늘은 구름 한 점 없는 코발트블루 색이다. 무릎까지 오는 선희의 치마와 긴 머리가 억새풀과 함께 제주 바람에 날린다. 어렴풋이 보이는 선희의 얼굴을 본다. 표정은 어떨까? 웃고 있을까, 아니면 울고 있을까? 엄지와 검지로 선희의 얼굴을 확대해 보지만 광대 너머로 솟은 동그란 콧방울만 보일 뿐, 표정을 읽을 순 없다. 선희는 늘 밝은 얼굴이었다. 한 번도 찡그리거나 우는 얼굴을 보인 적이 없는. 아마 웃고 있었을 거야. 대아는 그렇게 생각하기로 했다.

*

시동을 걸고 내비게이션에 금새오름을 입력했다. 숙

소에서 20분이면 도착하는 거리여서 산책 겸 한번 다녀와 보기로 했다. 20대에는 촬영을 위해 제주를 부지런히 다녔지만 금새오름은 처음이었다. 동쪽이나 서쪽 해안을 배경으로 한 해돋이나 해넘이가 대아의 단골 피사체였고, 1100고지에서 한라산도 종종 담았다. 프로 작가인 척을 하긴 했지만, 사실은 숨은 절경을 찾을 여유 따위 없는 아마추어였다. 유명한 촬영 코스들만 돌면서도 주제에 자존심은 있어서 남들보다 특별하게 찍을 수 있을 거라 자신했었다.

옛 생각에 잠깐 빠져 있다 보니 금세 목적지에 도착했다는 내비게이션 안내음이 들렸다. 조용했다. 바람에 부딪히는 나뭇잎 소리와 새들의 조잘거림을 제외한 어떤 소음도 없는 고요함은 실로 오랜만이다. 제주는 요즘 어딜 가나 관광객으로 붐비는데, 여긴 인기가 없는 곳인가? 오히려 좋다. 오름을 오르기 시작했다. 한 걸음씩 천천히 20분쯤 오르자, 경사가 가팔라졌다. 금세 종아리가 딱딱하게 굳고, 엉덩이 근육은 누가 잡아당기기라도 하는 것처럼 쥐가 나고 있었다. 티셔츠가 땀으로 절여진 건 기본이요, 대아의 머리 위로만 비가 내리는 것처럼 얼굴에서 폭우가 쏟아졌다. 숨이 제 맘처럼 쉬어지지 않았다. 깊게 들이마시고 오래 뱉어야 했는데, 숨은 자꾸 제멋대로 들어왔다가 나갔다. 10년 넘게 책상 앞에만 앉아 있었더니 운동 부족이다. 지금이라도 포기하고 내려갈까 했지만, 대아는 금세 마음을 고쳐먹었다. 문제는 고도$_{altitude}$가 아니라 태도$_{attitude}$[7]라고 하지 않나. 아무 생각 없이 그저 발끝만 보고 한 걸음 한 걸음 올랐다. 고백하건대, 오름의 중턱부터 설치된 계단과 핸드 레일이 아니었더라면 중도 포기했을 거다. 핸드 레일에 매달리다시피 하며 느린 걸음으로 20분쯤을 더 오르자, 정상에 도착했다.

사진 속 선희가 서 있던 자리 위에 섰다. 시원한 바람이 축축하게 젖은 대아를 훑고 지나갔다. 온몸의 솜털들이 모두 쭈뼛 솟았다. 그때 스마트워치가 웬일로 요란한 진동을 울려 댄다. 너 곧 죽는 거 아니냐고 위험 신호를 알렸다. 그게 아니라 살아 있는 거야, 바보야. 심장이 뛰고 있었다. 그것도 아주 빨리. 그동안 사건을 끝내고 집에 돌아와 죽은 것처럼 누웠을 때 살아 있는 기분을 느꼈다.

이게 진짜 살아 있는 느낌이구나….

---

7  영국의 등산가, 앨버트 머메리(Albert Frederick Mummery)

사는 것과 죽는 일에 대해 잠깐 생각을 하다가 정신을 차려 보니 벌써 해가 질 시간이 가까워지고 있었다. 대아는 챙겨 온 물을 한 모금 마시고 가뿐한 마음으로 내려가려는데, 어딘가 아쉬움이 들어 뒤를 돌아봤다. 시력을 잃으면 다시는 이런 풍경을 볼 수 없을 거란 생각에 기분이 또 가라앉았다. 희망, 그거 품어 봤자지… 숙소로 돌아가야겠다고 생각하는 한편, 어딘가 잘못되었다는 생각에 걸음을 멈추고 고개를 갸웃했다. 그러곤 스마트폰을 열어 조동연의 인스타그램을 눌렀다. 스마트폰을 들고 팔을 쭉 뻗어, 선희가 서 있는 오름의 사진과 자신이 보는 풍경을 비교했다. 오름이야 다 비슷할 거라고 생각했는데, 확실히 다르다. 어떤 각도에서 촬영해도 선희가 서 있는 자리에서 작은 언덕이 보이지 않았다. 기억하기론 조동연과 대아의 키 차이는 크게 나지 않았다. 그가 요즘 애들이나 찍는 항공 샷으로 선희를 찍었다고 하기엔 선희의 전신 왜곡이 없다. 같은 눈높이에서 찍은 각도임이 틀림없었다. 이건 3D 시뮬레이션을 돌리지 않아도 인스타그램을 좀 한다고 하는 사람이라면 누구나 알 만한 사실이었다. 그런데 왜 배경이 다른 거지? 조동연이 굳이 다른 장소에서 사진을 찍고 금새오름이라고 거짓으로 위치 정보를 찍을 이유가 있을까? 아니면 그가 착각한 걸까? 제주에는 비슷비슷한 오름이 많으니까….

*

대아는 사진 속 장소가 궁금해서 참을 수가 없었다. 숙소에 도착하자마자 양말도 벗지 않고 노트북을 열었다. 선희의 사진이 들어 있는 USB를 날짜순으로 정렬을 변경했다. 제주에 도착한 11월 2일부터 사고가 있던 23일까지, 선희는 하루도 빠짐없이 사진이나 영상을 찍었다. 그런데 11월 18일은 사진도, 영상도 없었다. 오름을 오를 때 스마트폰을 차에 두고 갔는지도 모른다. 그렇다면 오직 조동연이 올린 사진으로만 장소를 찾아야 한다. 하지만 원본이 아닌 SNS 업로드 사진은 GPS 정보를 추적할 수 없다. 대아는 주변 사물을 분석해 위치를 찾기로 했다. 사진 속 배경이 특정하기 쉬운 건물이나 시가지가 아닌 풀이나 나무뿐이라, 일반인이 보면 쓸 만한 정보는 없어 보일지 모른다. 하지만 영상 분석가인 대아의 눈에는 흔한 나무에도 정보는 존재한다. 나무의 종류, 키, 우거짐 정도에 따라 고도나 지역적 특성을 알아낼 수 있다. 해당 사진의 메타 정보를 추출하기 위한 프로그램을 실행했다.

인공 지능 객체 인식 프로그램으로 사진 속 각 피사체를 모두 분류하는 작업을 시작했다. 서 있는 선희의 머리 위에 올려진 선글라스, 억새풀의 위치와 높이, 데크 계단 위에 떨어진 페트병, 난간에 붙어 있는 구조물까지 사진 속 정보를 모두 수집했다. 단서가 될 만한 것들을 살피던 중 대아는 사진의 오른쪽 하단의 나무 데크를 유심히 봤다. 마지막 오르막길 구간에 설치된 목재 계단 기둥의 머리 부분에는 어떤 특이한 모양이 새겨져 있었다. 왕관 모양 같기도 하고, 갈매기 모양 같기도 한 어떤 문양. 지역 심벌이나 이 오름의 심벌일 것이라 예상했다. 사진 속 문양을 이미지 검색 엔진에 업로드하자, 문양의 정체를 어렵지 않게 찾아냈다.

문양은 서귀포시의 지형을 형상화한 모양 위로, 제주에 서식하는 물떼새가 그려진 별새오름의 심벌이었다. 조동연이 올린 사진의 장소는 금새오름이 아니라, 별새오름이었다. 왜 장소를 다르게 올렸을까? 단순한 그의 착각이었을까? 조동연에 대한 궁금증이 드는 동시에 선희의 이야기가 단순한 애도 정도로 끝나지 않을 것 같다는 불길한 예감이 들었다. 사실 대아는 선희의 이야기를 쓰기로 결정한 뒤부터 자꾸 생각이 나쁜 쪽으로 흘렀다. 평소에도 항상 최악을 생각했다. 늘 나쁜 결말만을 봐 온 대아의 어쩔 수 없는 직업병이었다.

선영이 준 USB의 사진과 동영상을 폴더별로 다시 정리하고 자세를 고쳐 앉았다. 편견 없이 보이는 대로 사실만 말하겠다고, 법정도 아니고 판사도 없는데 혼자서 조용한 선서를 한다. 한편으로는 별일이 아니길 기도하면서.

— 양심에 따라 숨김과 보탬이 없이 사실 그대로 말하고, 만일 거짓말이 있으면 위증의 벌을 받기로 맹세합니다.

이 순간 낮게 중얼거린 대아의 선서는 진심이었다.

# 물방울 속 눈물

평균 기온: 18.1℃, 최고 기온: 22.3℃, 최저 기온: 13.7℃, 평균 운량: 8.0일, 강수량: 1.0mm, 평균 윤량: 8. 평균 운량雲量이란 구름이 하늘을 덮은 정도를 나타내는 말로, 평균 구름양이라고도 한다. 구름이 하늘에 전혀 없을 때의 운량을 0, 구름이 하늘을 완전히 덮고 있을 때의 운량을 10이라고 하는데, 8 이상이면 날씨를 흐림으로 표시한다. 2021년 11월 8일의 평균 기온은 18도였다. 18도면 적당히 따뜻한 날씨를 상상하겠지만, 운량이 8인 걸로 봐서 그날의 제주는 흐리고 바람이 많이 불었다. 체감으로는 가벼운 외투가 필요한 쌀쌀한 날씨다. 그리고 하늘에서 분무기로 분사하듯 비가 1mm 정도 내렸다.

『 선희의 SNS 게시물, 업로드 날짜 - 2021년 11월 8일 』

선희가 업로드한 사진에는 파란 하늘에 비행기의 궤적이 직선으로 쭉 뻗어 있다. 아마 옅은 비가 몇 시간에 걸쳐 내리다가 갠 뒤, 혹은 맑았던 다른 날의 하늘을 업로드했을 가능성도 있다. 정보를 더 정확히 하기 위해서 대아는 선영이 준 USB에서 동일한 사진의 원본을 찾아 촬영한 날짜와 시간을 대조했다. 촬영 날짜는 11월 7일, 하루 전날이었다. 역시 게시물의 업로드 일시와 실제 촬영일을 동일시해선 안 된다. 대아는 선희가 하늘 사진을 올리면서 '내일은 맑을 테지.'라는 희망을 담았을 거라 어렴풋이 짐작했다.

*

선희의 인스타그램 피드나 스마트폰 속 사진은 80%가 하늘과 풍경이었다. 갈치구이나 몸국, 해산물처럼 제주를 관광하며 먹은 음식 사진도 종종 보였다. 평범한 일상을 찍은 듯하지만, 선희는 이유 없는 사진을 찍지 않는다는 걸 알기에 한 장 한 장 모두 분석해 보기로 했다.

<사진 속 허세에 감춰진 진실>이라는 기사가 한때

세간의 이목을 집중시켰다. 마치 해변을 전세 낸 것처럼 두 눈을 지그시 감고 바람을 느끼는 여인의 사진을 분석한 기사였다. 그 사진의 프레임 밖으로는 시끄럽게 뛰노는 아이들, 대충 던져 놓은 슬리퍼, 나뒹구는 쓰레기까지 보였다. 현실을 가리고 편집된 연출 컷이었다. 보여주기 위해 찍는 사진이 진실은 아니라는 점을 짚어 내는 기사였다.

　사람들은 대체로 의도를 가지고 사진을 찍는다. 단순히 추억을 남기려는 의도일 수도 있고, 넘쳐흐르는 자신감에서 오는 나르시시즘일 수도 있다. 인스타그램도 마찬가지로 단순한 기록을 넘어 은근한 과시와 허영, 남에게 지지 않으려는 시기 혹은 혐오나 적대감을 교묘히 담은 전시물이기도 하다. 선희는 어떤 의도를 갖고 사진을 업로드하기 시작했을까? 그것도 하필이면 사망 전, 한달간의 기록만을 남겼다. 대아는 선희가 보내는 무언의 신호, 누군가를 향한 메시지라고 가설을 세워 보기로 했다. 단순한 기록용이라고 하기엔 어딘가 석연치 않은 구석이 많다. 스마트폰이 사라질 것을 예상한 사람처럼 제주에 오기 전, 제주 여행 앨범을 클라우드와 연동시키고, SNS를 시작했다. 마치 무언가를 준비하는 사람처럼 말이다. 선영의 말처럼 제주 여행을 시작으로 삶을 새롭게 시작하고 싶었던 걸까? 숨겨진 메시지를 읽어 내기 위해 대아는 자세를 고쳐 앉았다.

먼저, 비슷한 속성끼리 분류한 사진 중 음식 폴더를 열었다. 대아는 선희가 SNS에 올린 음식 사진과 스마트폰 속 음식 사진을 화면에 나열하고 가만히 들여다본다. 갈치구이, 멍게, 딱새우, 해물라면… 대부분 제주 식당에서 찍은 음식 사진들이다. 그런데 그중 한 장의 사진이 다른 사진들과 속성이 달랐다.

맥주 캔 두 개가 놓여 있는 사진이었다.

『 USB 사진 원본, 촬영 날짜 - 2021년 11월 9일 』

두 개의 맥주 캔이 확대되어 찍혔다. 바닥면의 패턴은 짙은 밤색의 인조 데크로 만들어진 벤치다. 제주 해안 산책로나 숲길에서 흔히 볼 수 있는 벤치. 그 위로 파란색 맥주 캔 두 개가 놓여 있다. 캔 하나는 입구가 개봉되어 있고, 한 개는 개봉하지 않은 상태였다. 따지 않은 맥주 캔의 바닥은 표면에 맺혀 흐른 물로 흥건히 젖어 있었다. 차가운 맥주 캔은 실온에서 오래 방치되면 표면에 물방울이 맺히게 된다. 공기 중의 수증기가 응결되어 물방울이 되는 것인데, 결국 이 물방울과 캔에서 흐른 물들은 맥주가 마시지 않은 채로 한동안 방치된 것을 의미한다.

*

선희는 11월 9일 오후, 벤치에 앉아 사진을 촬영했다. 맥주 캔이 두 개인 것을 보면 조동연과 함께였을 가능성이 높다. 다른 사람과 함께 있었을지도 모르지만, 그의 진술이 거짓 없는 사실이라면 제주에 머무는 동안 선희는 타인을 만난 적이 없었다. 선희는 남편과 함께 맥주 두 캔을 사서 벤치에 앉아 이야기를 나눴겠다. 물방울이 맺힌 캔이 촬영자의 앞에 위치해 있었으니, 사진을 촬영한 선희가 맥주를 마시지 않았다고 쉽게 유추할 수 있다. 대아의 기억으로도 선희는 맥주를 마시지 않았다. 어쩌다 날이 더워 맥주를 한 잔 시키면, 한 모금을 마시고 맛이 없다며 김이 다 빠질 때까지 지켜보기만 했다. 그리고 그 김빠진 맥주를 술이 늘 부족한 대아가 마시곤 했다.

이 물방울에 선희의 모습이 반사되어 남아 있지 않을까 호기심이 생겼다. 과거 두 사람이 숨은그림찾기를 할 때, 선희가 비슷한 퀴즈를 낸 적이 있었다. 대아는 맥주 캔을 확대한 뒤, 물방울에 비친 희미한 피사체를 집중적으로 화질 개선을 시작했다. Amped Five[8] 프로그램을 사용해 사진에 생긴 노이즈[9]를 제거 했다. 사진의 가장자리를 더욱 선명하게 높이니 윤곽선이 드러났다. 다음으로 선명도 강화 필터를 적용하자, 물방울 속 형상의 형태가 어느 정도 복원되었다. 형상은 역시 예상대로 사람이었다. 익숙한 실루엣에 대아는 선희라고 확신했다. 마지막 단계인 보간 처리[10]만 진행하면 물방울 속 선희를 선명하게 볼 수 있다고 생각하자, 조금 떨리기도 했다.

작업을 더 해 갈수록 선희의 얼굴이 선명해졌다. 좌우상하가 반전된 형상이지만 선희가 틀림없었다. 마지막으로 사진을 반전시키자, 선희가 나타났다. 하지만 선희의 표정은 알 수 없었다. 울고 있는 건지, 웃고 있는 건지 짐작할 뿐이었다. 빛이 없는 저조도 공간에서 더욱 증폭되는 노이즈를 더 이상 선명하고 깨끗하게 추적할 수 없어서, AI 안면 인식 알고리즘으로 표정을 분석해

---

8    저해상도 영상을 고해상도로 변환하는 Super Resolution 알고리즘

9    빛이 없거나 감도가 높을 때 생기는 현상으로, 사진에 입자가 생겨 거칠고 흐리게 보인다.

1 0   픽셀과 픽셀 사이에 인공 지능 또는 함수를 이용해 새로운 픽셀을 채우는 과정

보기로 했다. 선희의 과거 사진까지 모두 업로드해서 선희의 표정을 AI에게 학습시켰다. 물방울에 맺힌 작은 형상을 프로그램에 업로드하자, 표정 분석 프로그램이 반응했다. 몇 분 뒤, 정확도 87%로 선희가 울고 있었다는 결과가 나왔다.

선희가 울고 있었다는 사실에 마음이 착잡해져 냉장고에서 맥주 캔 하나를 꺼내 한 모금 마셨다. 왜 맥주는 마시지도 않고 저렇게 벤치 위에 오랫동안 올려 두었으며, 울고 있으면서 굳이 스마트폰을 꺼내 맥주 캔을 촬영한 이유는 뭘까? 역시 선희가 남긴 메시지일까?

굳은 목과 어깨를 주무르며 시간을 보니 어느새 아침 6시다. 대아는 푸르스름하게 하늘에 여명이 차오르는 걸 보고서야 겨우 침대에 몸을 뉘었다.

두 번째 흔적

# 산책

얼마나 잤을까. 서서히 잠에서 깬 대아는 잠시 눈을 감고 있었다. 할 일이 남아 있는 한, 눈을 떴을 때 세상이 암흑이 되지 않기를 바랐다. 하나, 둘, 셋… 셋을 세고 눈을 조심스럽게 떠 본다. 시계를 보자, 겨우 3시간이 흘렀다. 축축 처지는 몸을 일으켜 거실로 나갔다. 커피 머신에서 커피를 한 잔 뽑아 들고 책상 앞에 다시 앉았다.

이번에는 정리해 놓은 폴더 중 동영상을 정리한 폴더를 열었다. 여러 프레임이 함축되어 있는 동영상은 사진에서 볼 수 없는 다양한 증거들을 찾아낼 수 있다. 프레임과 프레임 사이, 혹은 빠르게 지나가는 0.01초에 새로운 단서가 생길 수도 있다는 말이다. 폴더를 열자, '블랙박스_1123' 파일이 눈에 띈다. 선희의 마지막 블랙박스 영상이다. 하지만 애써 선희의 마지막 파일은 못 본 체하고 '동영상_일상' 폴더를 더블 클릭해서 열었다.

선희는 사진을 공들여 한 장 한 장 찍고, 동영상도 최대한 길게 녹화했다. 제 모습을 촬영하는 일은 드물었다. 건물 외벽이나 유리에 비친 모습이 3년 전의 선희를 볼 수 있는 전부였다. 대아는 선희의 동영상 중 산책 영상을 여러 번 재생했다. 산책을 하며 꽃, 나무, 고양이 따위를 찍은 영상들을 보고 있노라면 선희와 제주를 산책하는 기분이 들었다.

폴더 속 일상 영상을 쭉 보고 나서 특징이 있는 영상을 골라 본다. 대아는 선희가 동네 산책을 하는 영상 하나를 선택했다. 이 영상에는 선희의 목소리와 행인이 선희를 보는 시선과 행동이 담겨져 있다. 상호 작용이 있는 영상을 보면 상황을 유추하기 유리하다. 산책 영상을 열고, 주변 인물이나 피사체에 대해 영상 분석을 시작했다.

『 USB 동영상 원본, 촬영 날짜 - 2021년 11월 20일 』

선희는 숙소를 나와 골목을 산책한다. 영상은 골목 곳곳을 비춘다. 검은 돌담 위로 배부르고 게으른 고양이가 천천히 걷는다. 곳곳에 동백꽃이 빨갛고 매혹적으로 피어 있다. 어제는 비가 왔는지, 골목길의 바닥 시멘트가 젖어 있었다. 습기가 가득한 영상이다. 벚꽃과 유채가 한창인 지금의 제주와 달리 영상 속 제주는 어딘가 쓸쓸하고 축축하다.

영상의 1분 30초 구간, 선희가 동네 어귀에서 양손에 짐을 든 노파를 만난다. 영상은 멈추지 않고, 그대로 노파와의 대화를 비췄다.

— 서울서 온 비바리 아니꽈. 어디 감시냐?

— 어… 동네 산책 좀 하려고요. 들어 드릴까요?

— 무시, 금방 가꽈네. 세화 오난 어떵 하우꽈? 펜안 하우꽈?

— 네? 세화 어떻냐고요?

노파는 선희가 제주 사투리를 알아듣지 못하자, 귀엽다는 듯 놀리며 웃었다.

— 무신 거옌 고람 신디 몰르쿠게? 저, 무사…

노파는 선희가 말을 알아듣지 못하자, 더 말하려다 말고 손을 휘휘 젓더니 발길을 돌렸다. 그런데 노파가 선희의 아래쪽으로 시선을 두고 주춤거리며 지나친다.

혹시 선희의 다리에 문제가 있는 걸까? 영상을 처음부터 다시 재생했다. 그리고 또 처음부터 다시, 그리고 또다시…. 몇 번이나 돌려 봤을까. 그제야 대아의 눈에 보이지 않던 특징들이 눈에 띄었다. 영상이 규칙적으로 떨리고 있었다. 요즘 스마트폰 동영상은 손떨림 보정 기능이 탑재되어 있어 이 정도로 흔들리지 않는다. 게다가 11월 20일 전의 영상들에서는 이런 떨림이 보이지 않았다. 잘 포장되지 않은 지면 탓이라고 하기엔 특정 구간이 떨리는 게 아니라, 촬영과 동시에 시작된 규칙적인 떨림이다. 일반적인 떨림과는 조금 다른 패턴이 신경 쓰여, 모션 트래킹과 인체 정보를 이용한 법보행 패턴을 분석해 보기로 했다.

과거 선희의 걸음걸이와 현재 영상을 대조하기 위해 샘플 영상을 찾았다. 선희의 결혼식 영상 중 신부 입장 영상을 재생한다. 결혼 행진곡이 나오자, 선희가 약간은 수줍은 듯 눈을 내리깔고 조심히 한 발씩 내딛다가 이내 사람들의 환호 소리에 고개를 들어 자신 있게 걷는다. 정확도를 높이기 위해 추가로 몇 개의 산책 영상과 신부 입장 영상을 같이 대조하며 추적했다. 11월 17일도 선희는 같은 경로로 산책을 했고, 그날의 영상에서는 떨림이 관찰되지 않았다.

건강한 보행 패턴은 양발의 움직임이 거의 비슷하게 나타나야 한다. 보행 비대칭은 한쪽 발로 걸을 때의 속도나 움직임이 다른 쪽 발로 걸을 때보다 불안정한 것을 말한다. 다리를 저는 것과 같은 균등하지 않은 보행 패턴에서 이런 흔들림이 감지되는데, 현재 선희의 걸음에 특정 패턴이 있음이 추출되었다. 영상의 떨림은 무게 중심이 왼쪽 발을 디딜 때마다 한쪽으로 기울어지며 나타난 현상이었다. 선희는 왼쪽 다리를 절뚝거리며 영상을 촬영한 것이다. 11월 17일에서 20일 사이, 그러니까 17일 밤부터 20일 오전까지 무슨 일이 있었던 걸까.

선영에게 선희가 다리를 다친 걸 알고 있었는지 메시지를 보내 물었다. 선영에게서 곧바로 답이 왔다.

[ 글쎄요. 저는 모르는 일이에요. ]
[ 혹시 내사 종결 보고서에 선희의 다른 병원 기록은 없었나요? 나한테 준 자료에는 정신과 진료 기록밖에 없어서. ]

이 한 개의 영상으로 모든 정보를 다 알 수는 없다. 선영에게 실종하기 한 달 전 모든 병원 기록을 확인해 달라고 부탁한 뒤, 다른 사진을 봤다.

　　　　　　　　　　　　　　*

　　『 USB 사진 원본, 촬영 날짜 - 2021년 11월 21일 』
　　선희는 창가 자리에 앉아 뜨거운 커피가 담긴 커피
잔을 찍었다. 카페 통창으로 4차선 도로 건너편에 있는
대형 프랜차이즈 카페가 비쳤다. 잘 닦여진 유리에 선희
의 실루엣도 희미하게 비쳤다. 붐비는 대형 카페를 마주
한 작은 카페의 내부는 비교적 한산하다.


　　　　　　　　　　　　　　*


　　사진의 원본은 GPS 신호를 담고 있다. 한 사람의 스
마트폰 사진첩만 확보할 수 있다면, 그리고 그 사람이 사
진을 매일 혹은 매 순간 찍어 기록을 남기는 사람이라면
어디에서 무엇을 했는지 아는 건 간단하다. GPS 정보에
따르면 제주시에 있는 작은 커피숍을 선희는 자주 들렀
다. 포털 사이트에 카페 위치를 검색해 로드뷰를 확인했
다. 카페는 두 사람이 머무는 숙소에서는 거리가 좀 있
었다. 4차선 도로의 사거리 코너에 있는 건물 1층은 몇
개의 음식점과 편의점, 카페가 있었고, 2층은 스크린 골

프장이었다. 조동연의 피드에서 본 스크린 골프장의 로고와 같은 디자인이었다. 골프를 좋아했던 조동연이 제주에 와서도 일주일에 몇 번 스크린 골프장을 찾은 모양이다. 선희는 1층 카페에서 그를 기다리며 책을 읽거나 그날의 하늘 따위를 찍었던 것 같다. 제주에 머무는 3주간 두 사람이 유일하게 고정적으로 들른 곳이기 때문에 작은 단서라도 찾을 수 있을까 하고 대아는 카페를 직접 찾았다.

선희가 자주 가던 카페는 한눈에 봐도 알아볼 수 있었다. 3년간 인테리어가 하나도 바뀌지 않았는지 영상 속에서 보았던 서프보드도, 어지럽게 꽂혀 있는 잡지들도 그대로였다. 3년 동안 포기하지 않고 자리를 지키고 있는 걸 보니, 주인은 꽤 뚝심이 강한 사람인 것 같다. 커피를 한 잔 주문하려고 카운터에 서자, 직원인지 사장인지 젊은 남자가 대아의 앞에 섰다. 남자는 혼자 계절을 먼저 앞서가는 듯 민소매 차림이었다. 바람막이 점퍼를 목 끝까지 채운 대아가 괜히 머쓱해졌다. 얼굴과 몸이 햇볕에 검게 그을었고, 팔에는 바다, 야자수, 서프보드 같은 그림이 가득했다. 서퍼인가? 매일 파도와 맞서다 보니 프랜차이즈 카페 따윈 이길 생각이 없는, 자본

주의를 초월한 사람으로 보였다. 커피를 주문하며 남자에게 말을 걸었다.

— 혹시 3년 전쯤에도 여기 계셨나요?

— 3년 전이면 있었죠. 제가 여기를 인수한 지가 4년이 되었으니까요.

— 그러면, 혹시 이 사람 기억하나요?

선희의 사진을 내밀자, 남자는 대아를 아래위로 훑으며 경계했다. 아주 옳은 자세다.

— 무슨 일로 그런 걸 물으시는지?

— 아, 사실은 제가….

— 어… 어… 어디서 많이 봤는데.

남자는 대아에게 답할 기회를 주지 않고 질문과 혼잣말을 섞어 가며 종종거리더니, 드디어 생각났다는 듯 박수를 짝! 치며 말했다.

— 그, TV에 나오는 영상 분석가, 맞죠?

남자가 알아본 건 선희가 아니라 대아였다. 남자는 들뜬 얼굴로 대아를 머리끝부터 발끝까지 살펴보곤 주변에 누가 절 찍고 있진 않은지도 부산스럽게 살핀 뒤

물었다.

— 카메라는요?

— 아니요, 카메라는 없습니다. 제가 온 건 촬영 때문이 아니고, 혹시 이 손님을 기억하나 해서요. 3년 전이긴 하지만⋯.

남자는 조금은 실망한 얼굴로 대아의 손에 있던 스마트폰을 가져갔다. 사진을 뚫어져라 보더니 "맞네, 맞아." 하며 혼잣말을 하고 이어 말했다.

— 3년이 지났어도 똑똑히 기억해요. 그때 제가 카페를 오픈한 지 얼마 안 돼서 손님들을 유심히 살폈거든요. 그리고 보시다시피 이 카페에 하루에 10명도 안 와요. 뭐, 걱정은 마세요. 저도 손님이 많으면 곤란하거든요. 바람 좋으면 바다에 나가야 해서. 하, 어쩐지 이 여자 좀 이상했는데⋯. 아차차, 커피! 커피부터 드릴게요.

어딘가 부산스러운 남자는 커피를 내려 대아가 앉은 테이블 위에 올리고 맞은편에 앉았다. 그리고 본격적으로 자신이 기억하는 선희에 대한 정보를 쏟아 내기 시작했다. 묻지도 않았는데 술술. 경계는 금세 무너졌다.

— 한 달 정도 꾸준히 비슷한 시간대에 오던 손님이에요. 주 3회 쿠폰을 찍어 갔어요. 부부가 같이 오기도 하고, 따로도 몇 번 왔었고…. 9번째 쿠폰을 찍으면서 손님에게 "다음 주엔 무료네요."라고 했던 게 기억나요. 그런데 마지막엔 안 왔어요. 잠깐만요! 쿠폰이 아직 있을 거예요. 저희 매장은 쿠폰을 보관해 주거든요. 워낙 잃어버리시는 분들이 많아서. 오픈 때부터 지금까지 다 갖고 있어요.

남자가 얼른 카운터로 뛰어가 쿠폰을 찾기 시작했다.

— 3년이나 지났는데도 기억하시는 거면, 뭐 기억날 만한 특징 같은 게 있었던 건가요?

남자는 카운터 아래에서 상자를 하나 꺼내어, 상자 안 쿠폰들을 뒤적이며 말했다.

— 마지막 무료 커피를 안 먹는 사람이 어디 흔한가요? 게다가 뭐랄까…. 좀 긴장을 하고 있달까요. 마지막에 왔을 땐 다리가 좀 불편해 보이기도 해서, 어디서 다치셨냐고 제가 물었거든요. 눈도 시퍼렇게 멍들어서는 불안해 보여서….

다리를 전 것뿐 아니라 눈도 시퍼렇게 멍이 들어 있었다고? 혹시 누군가와 몸싸움이 있었던 걸까.

— 어… 여기 있네요!

남자가 마지막 10번째 무료 커피에 도장이 찍히지 않은 쿠폰을 가져와 내밀었다. 쿠폰에는 선희의 이름, 그리고 마지막 방문 날짜가 쓰여 있었다.

유선희, 2021년 11월 21일

— 얼굴에 멍이라고요? 기억나는 대로 말해 줄 수 있나요?

— 그날 제가 물었죠. 혹시 도움이 필요하냐고. 그때 마침 딱 남편이 나타나더라고요. 엄청 정색하면서 그런 일 없다고 딱 잘라 말하던데요. 신고를 해야 하나 말아야 하나 엄청 고민하다 말았는데, 죄책감이 들어서 아직도 마음이 좀 그래요. 괜히 부부 사이에 끼어들기는 좀 그래서…. 뭐, 혹시 그분한테 무슨 일이 생긴 건가요?

남자가 걱정스러운 얼굴로 물었다. 왠지 남자를 안심시켜야겠다는 생각이 들어, 얼른 그런 일은 없다고 말해 주었다.

— 건너편에 프랜차이즈 카페는 없어졌나 봐요?

프랜차이즈 카페가 있을 때도, 없을 때도 장사가 안
되긴 매한가지인 것 같은 마음에 한마디를 던졌을 뿐인
데, 남자는 의외의 말을 했다.

— 아, 거기, 불이 나서 다 타 버렸어요. 지금 저 건물
은 새로 지은 거고요. 찜찜한지 대기업은 안 들어오네요.
잘됐죠, 뭐. 아, 그러고 보니 그 불난 날이 그날 같은데….

남자가 스마트폰을 들어 무언가를 검색하더니 무릎
을 탁 쳤다. 남자가 내민 스마트폰 화면에는 〈제주시 노
향동 건물에 대형 화재, 건물 관리인 1명, 소방관 순직〉
기사가 떠 있었다.

— 맞네요, 11월 21일. 그 사람들 가고 얼마 안 있다
가 불이 나서 좀 찜찜했었거든요. 워낙 불이 크게 나서
사람도 여럿 죽었어요. 연기 때문에 며칠 동안 장사도
못했고요. 휴, 그런데 방화범이 아직도 안 잡혔다지 뭡니
까. 그때 그 방화범이 외지인이라고 하던데….

남자는 갑자기 장르를 바꿨다. 묘령의 여인과 화재 사
건이 만나 선희는 방화범이 되어 있었다.

— 그 친구는 전혀 그럴 사람이 아니니 걱정 안 하셔도 됩니다. 의심스러운 점이 있었다면 경찰이 벌써 수사를 했을 거예요. 좋은 정보 주셔서 감사합니다.

남자는 미심쩍은 얼굴로 "그럴 사람이 따로 있나…" 하고 작게 중얼거리며 주방으로 돌아갔다. 대아도 자신의 말에 모순이 있다는 걸 알고 있었다. 사건을 분석할 때, 저 사람은 그럴 사람이 아니라는 무조건적인 믿음이 객관적인 증거를 가리는 일을 수없이 목격했다. 하지만 선희가 우울증을 앓았다는 사실과 극단적 선택을 했을지 모른다는 보험사의 의심까지, 처음부터 어딘가 이상하다는 생각에 찜찜했다. 우울증 환자에게 넌 그럴 사람이 아니라고 하는 건 굉장히 폭력적인 말이지만, 처음 선희의 병원 기록을 볼 때부터 어딘가 거짓 같다는 생각을 지울 수가 없었다. 왜냐면 선희는 정말 그럴 사람이 아니었으니까.

선희는 툭하면 "밥 사 줘."라는 말을 했다. 점심을 사주면 저녁도 사 달랬다. 처음엔 장난인 줄 알았는데, 진짜 점심, 저녁을 다 얻어먹었다. 자취하며 근근이 한 끼 때우는 대아의 주머니 사정도 넉넉한 편이 아니었기에, 이를 쑤시며 가는 선희 뒷모습을 보며 '저것이 날 호구로 보나?' 하는 생각도 잠깐 했다. 하지만 치사하고 더러워 보일까 말은 못 하고, 사진을 가르쳐 준 수업료라 생각하면서 주구장창 선희에게 밥을 샀다. 앞에 앉은 대아의 속이 타들어 가는 것도 모르고 속 좋게 그릇을 싹싹 비워 내는 해맑은 선희를 보다가 저도 모르게 식욕이 돌아서 같이 그릇을 비워 냈다. 그때 선희는 대아와 같이 동그란 안경을 쓰고 있어서 둘은 친남매처럼 보였다.

하루는 선희가 늦은 밤 대뜸 전화를 걸어, 이번엔 어쩐 일인지 술을 사 달랬다. 전화를 끊고 지갑을 열어 보니 5천 원짜리 지폐 한 장이 전부였다. 방구석에 굴러다니는 짤짤이까지 싹싹 챙겨 자취방을 나왔다. 학교 정문 앞 편의점에서 컵라면 한 개, 김밥 한 줄, 소주 한 병을 사서 선희가 기다리고 있다는 연못으로 갔다. 뜨거운 물을 부은 컵라면을 들고 종종거리며 걸어오는 대아의 모습을 보고 선희는 저 멀리서부터 깔깔 웃어 댔다. 콱 저걸 그냥. 뭐가 그렇게 웃긴지, 하여튼 얄미울 정도로 웃음이 헤픈 애였다.

대아와 선희는 컵라면과 김밥, 소주를 나눠 먹다가 이런저런 고민들도 소주잔에 따라 함께 나눠 마셨다. 집안 환경, 학교 친구 문제, 진로에 대한 두려움 같은 특별함 없는 고민들이었다. 누구나 걱정하지만 가볍지만은 않은 고민들. 그렇게 서로의 고민을 나누다 보면 조금쯤 가벼워지기도 했다. 갓 성인이 되고 얼마 지나지 않아, 뭐든 혼자 해결하는 것들이 문득 버겁고 지칠 때가 온다. 선희와 대아는 그 시기를 같이 지나고 있었다.

대아는 주머니 속에 있던 목캔디 한 알을 선희의 손바닥 위에 올렸다.

— 쓰기도 하고, 달기도 하고. 꼭 인생 같지 않냐? 숨을 이렇게 크게 들이마시면 뻥 뚫리는 기분이 들어 좋아. 잠깐은 가벼워져.

선희는 사탕의 포장을 벗겨 입에 넣고 굴렸다. 숨을 크게 들이마시고 내뱉더니 "진짜네? 속이 뻥 뚫린다." 하며 웃었다.

선희는 단순해 보여도 속은 복잡하고 깊었다. 대아는 선희가 제게 밥을 얻어먹으려 한 이유를 졸업할 때까지 붙어 다닌 뒤에야 알게 되었다. 대아는 어느 하나에 몰입하고 열심인 성격 탓에 밥은 항상 뒷전이었다. 밥보다 연구, 밥보다 사진이었다. 선희는 밥을 사 달라는 핑계로 대아가 밥을 먹게 했고, 대아의 표정이 어두울 때면 제 고민을 나누는 척하며 대아의 속도 비워 주는 어른이었다.

그렇게 깊고 넓던, 저보다 남을 배려하던 선희가 어쩌다 그런 사고로 죽어야만 했는지. 얼굴에 멍이 들고 다리를 다치면서도 왜 누구에게도 알리지 않았는지. 대아는 점점 더 강하게, 3년 전에 선희에게 있었던 일들을 알아내야겠다고 결심했다. 그러면서 조동연에 대한 의심도 함께 피어올랐다.

아내의 외도로 이혼 소송을 하는 부부의 증거 분석을 한 적이 있다. 두 사람은 절대 이어 붙일 수 없을 정도로 멀어져 있었다. 내일은 없다는 듯 치열하게 소송을 하던 중 하루아침에 다시 잘 살아 보기로 했으니, 영상 자료는 삭제해 달라고 의뢰인이 연락을 해 왔다. 의뢰인이 걱정되었지만, 한편으론 정말 잘 해결되었다면 좋겠다고 생각하며 자료를 삭제했다. 이런 일은 셀 수 없이 많았다. 이처럼 부부 관계란 워낙 사적이고 내밀하다. 부부 싸움은 칼로 물 베기란 옛말처럼, 두 사람의 소통 방식이나 감정을 쌓아 가는 형태를 타인이 쉽사리 알 수 없다. 레고 블록처럼 하나하나 쌓아 올려 가는 게 부부 생활이라면, 그 안에 감춰 둔 블록의 형태는 만든 두 사람만 안다. 부부는 모든 것을 나누고, 때론 자신과 배우자를 혼동하기도 하고, 다 가져지지 않는 아내가 혹은 남편이 죽도록 미워질 수 있다. 사랑이 소유가 되고, 소유가 파괴가 되어 버리기도 하니까. 사랑은, 그리고 관계는 복잡하고 어렵다.

대아는 처음부터 조동연이 석연치 않았다. 얼마 전 법원에서 마주쳤을 때 비아냥거리던 태도와 선희가 그와 결혼을 한 뒤부터 정신적으로 쇠약해졌다는 자료들을 미루어 짐작했을 때, 그가 타인에게 그다지 사려 깊은 인간은 아니라는 생각 때문이었다. 다친 아내에게 도움을 주려는 사람을 경계했다? 어쩐지 조동연에게서 계속해서 구린내가 난다. 쉽지 않겠지만 그와 선희 사이를 좀 더 알아봐야겠다.

카페 구석진 자리에 앉아 노트북을 열었다. 그때 선영에게 전화가 걸려 왔다.

— 말씀하신 병원 기록 찾았어요. 제주에서 피부과를 한 번 갔더라고요. 간단한 타박상인 것 같긴 한데…. 메일로 보내 드릴게요.

[ 외상성 타박상으로 좌측 눈, 이마에 심한 멍. 좌측 볼에 찰과상으로 인한 출혈. 진통 소염제와 연고를 처방. ]

11월 19일 오전 11시, 선희는 제주시의 피부과를 찾았다. 피부에 따가움을 호소했고, 연고를 처방받아 갔다. 19일과 20일에도 카페 쿠폰에 도장은 찍혀 있었지만, GPS 정보에 따르면 그 시간대 선희는 산책을 했고, 피부과를 갔다. 카페는 조동연이 혼자 갔고, 테이크아웃을 해서 2층에 있는 스크린 골프장으로 올라간 것이다. 그렇다면 18일 오름에 오른 뒤, 19일 오전 11시 사이에 사고가 벌어졌을 거다. 다리를 다친 채로 오름을 오를 수는 없었을 테니, 사고는 18일 저녁에서 밤 사이에 벌어졌을 거다. 정황을 모두 증거라고 할 순 없다. 하지만 정황과 증언과 기록이 모이면 증거가 된다.

과거 한 사건으로 인연을 맺은 대학 병원의 외과 전문의에게 전화를 걸었다. 그는 직접 진찰한 것이 아니고, 환자의 사진이나 영상을 확인한 게 아니기 때문에 조심스럽다는 말을 먼저 하면서, 이런 소견은 흔히들 구타에 의한 외상이라고 볼 수 있다고 했다.

— 아동의 경우, 이런 소견이 있으면 즉시 아동 보호 기관에 신고하게 되어 있지만, 성인의 경우에는 사건인지 아닌지가 불분명하고, 본인이 처벌을 원치 않는 경우 경찰에 알리는 일이 쉽지 않기 때문에 현장에서도 신고

로 이어지지 않았을 확률이 높습니다. 담당의가 직접적으로 '외상에 의한 것'이라고 써 두었다면 의도적이라고 봐도 될 것 같은데요? 그런데 박사님, 사건입니까?

대아는 사건이 아니라 둘러대고 다시 연락드리겠노라 말하며 전화를 끊었다. 진료한 의사를 찾아가 구체적인 의견을 들어 보고 싶었지만, 대아에겐 수사권이 없다. 선영에게 메시지를 보내, 3년 전 선희를 진료한 의사에게 더 얻을 수 있는 정보가 있는지 알아봐 달라고 했다. 대신 대아는 자신이 할 수 있는 방법으로 선희의 상처를 입증하기로 마음먹었다.

선희는 왜 가족들에게 알리지 않았을까. 왜 조동연은 선희가 사망하기 전에 생긴 상처들에 대해서 가족들에게 설명하지 않았을까. 왜 경찰은 사망 전 피부과 병원 진료 기록은 대수롭지 않게 여기고 종결 보고서에서 뺐을까. 여전히 의문투성이다.

현재까지 분석하기로는 11월 18일 오름을 내려온 오후 5시경부터 다음 날 피부과에서 진료를 받은 오전 11시 이전, 선희는 누군가와 몸싸움이 있었거나 왼쪽으로 세게 넘어져 얼굴과 다리를 다쳤다. 선희는 제주에서 지내는 동안 카페나 가벼운 산책 등을 하며 지냈기에 누군가와 원한을 맺을 일도 없었다. 카페 사장의 말에 의하면 선희의 상처와 조동연은 분명히 직접적인 연관이 있는 게 분명하다. 그녀가 다친 사실을 조동연은 알고 있으니까, 원인도 알 것이다. 그리고 어쩌면 그 일은 무릇 18일 하루뿐 아니라 종종, 어쩌면 제주에 오기 전에도 벌어졌을지 모른다. 불길한 생각이 대아의 머릿속을 어지럽혔다.

대아는 카페에서 나와 대로변에 섰다. 그리고 화재가 났다는 건물을 올려다봤다. 건물은 이미 허물고 새로 건축을 한 듯, 화재의 흔적은 남아 있지 않았다. 전신주에는 방범용 CCTV가 설치되어 있었다. 아마 이 CCTV는 3년 전에도 있었을 것이고, 사망 사고가 날 정도로 큰 방화 사건이었다면 화재조사관이 근처의 CCTV 영상을 모두 확보했을 거다. 그날 선희와 조동연의 모습이 찍히지는 않았을까? 전신주를 등지고 양팔을 벌려 화각을 추산해 본다. 대아가 뻗은 왼쪽 팔 안으로 건너편 카페가 들어왔다. 방법용 CCTV의 화각상 카페 입구도 같이 찍혔을 수 있겠다. 대아는 카페를 둘러싼 전신주 서너 개의 CCTV 고유 번호를 모두 촬영해 뒀다. CCTV를 볼수 없을지도 모른다. 하지만 사소한 것들도 놓치지 않고 증거로 남겨 두는 건 오랜 직업적 습관이다. 이 CCTV가 복잡하게 꼬인 이야기를 쉽게 풀어 줄 뜻밖의 작은 희망이 될지 모른다.

누군가 내게 죽고 싶느냐고 물으면

그렇지 않다고 말하고 싶다.


나는 살고 싶다.

삶을 사랑하고 싶다.

사랑하는 나의 남편도, 나의 가족도,

나의 삶의 궤적도, 나의 인생의 전부를

사랑하고 있다.


포기하고 싶지 않다.


내가 죽는 일이 있다면 그건 분명 실수일 거다.

하느님의 실수.

### 세 번째 흔적

# 프레임 밖의 용의자

　제주에 내려오자마자 정신없이 선희의 이야기를 파헤친 지 일주일째, 해가 떨어지고 넓은 숙소에 혼자 있자니 오늘은 좀 쓸쓸한 기분이 든다. 냉장고에서 한라산 한 병을 꺼냈다. 먹을 거라곤 며칠 전 마트에서 사 놓은 참치 캔 하나가 전부. 식탁에 소주 한 병과 참치 캔 하나를 올리고 보니 처량하기 짝이 없다. 대아는 감성적인 편은 아니다. 오히려 이성적인 쪽에 가깝다. 이 일을 하기 전까지는 눈물도 많고 웃음도 많았던 것 같은데, 사건과 죽음을 가까이에 두고 살다 보니 많이 냉소적으로 변했다. 이렇게 세상과 동떨어져 세상에 없는 선희의 이야기를 좇고 있으니, 조금은 감상적이 된 걸까. 선희의 이야기를 모두 끝내고 나면 예전처럼 후련하게 웃을 수 있을지, 영원히 보이지 않기 전에 선희의 이야기를 다 찾을 수는 있을지… 그런 생각을 하면서 소주를 삼켰다. 반병쯤 마셨을까, 알딸딸한 취기가 돌 때쯤 스마트폰에서 진동이 울렸다. 발신자 이름은 '김범수'. 누구더라? 어디서 많이 본 이름인데. 망설이는 동안 전화는 끊겼다가 다시 걸려 오길 반복했다. 세 번째 전화가 걸려 오자, 무슨 일이 생긴 건 아닐까 하는 마음에 전화를 받았다.

— 드디어 받아 주셨네요. 안녕하세요, 교수님. 저 기억나시나요? 김범수입니다.

남자의 목소리를 들으며 빠르게 김범수의 얼굴을 떠올리려 노력했다. 교수님이라는 호칭을 쓰는 걸 보면 제자가 틀림없는데…. 대아는 5년 전부터 세림 대학원에서 겸임 교수로 법 영상을 강의하고 있었다. 법 영상이 수사 기법으로 점차 신뢰를 얻자, 경찰청에 법 영상 분석관 특채 채용도 함께 늘게 되었는데, 그 덕분에 여러 대학에서 대아를 특강 강사로 초빙하고자 했다. 일정상 강의 제안을 거절해야 하는 일이 많아서 난감하고 피곤하긴 하지만, 학생들에게 젊음과 열의에 찬 에너지를 받는일이 대아에게도 즐거움이었기에 바쁘더라도 꼭 짬을 내

강의를 하려고 했다.

일 년 전, 학기가 끝나고 조촐하게 종파티를 했다. 그때 분위기를 띄우겠다며 벌떡 일어나 노래를 부르던 학생의 얼굴이 떠올랐다. 음정과 박자가 굉장히 창의적이었던 학생이었다.

— 아, 기억나네요. 김범수 학생.
— 교수님 덕분에 제가 경찰청 특채로 입사해서 얼마 전부터 제주 서부 경찰서에서 근무 중입니다. 진작 찾아뵈야 했는데, 죄송합니다. 입사하고 연달아 사건이 터지는 바람에 너무 정신이 없어서요.

경찰이 되었다는 말을 듣자마자 김범수의 의도를 눈치챌 수 있었다. 그동안 연락 한번 없던 학생이 경찰이 되고 연락이 왔다는 건 사건일 것이 뻔한데, 지금 대아의 머릿속에는 다른 사건이 비집고 들어올 틈이 없었다. 선희의 석연치 않은 죽음과 자신의 불행만으로도 충분히 머리가 복잡했다.

— 교수님, 제주에 계시죠?
— 내가 제주에 내려온 건 어떻게 알았어요? 조용히 내려와서 쉬고 있었는데.

— 직접 전화드리면 실례일 거 같아서 교수님 연구소로 전화했었는데, 직원분이 자리에 안 계신다고 하시더라고요. 제주 서부청 소속이라 말하니 부탁을 하셨어요.

— 무슨 부탁이요?

— 교수님 좀 잡아 달라고요.

순간 피식 웃음이 나왔다. 혜인다운 발상이었다. 그런데 다시 생각해 보니, 혜인에게도 제주에 온 사실을 말한 적이 없다는 걸 자각하고 다시 김범수에게 물었다.

— 설마 내 동선을 조사했을 리는 없고, 내가 제주에 내려와 있는 건 어떻게 알았대요?

— 교수님께서 워낙 유명인이시라 보는 눈이 많습니다. SNS를 보면 교수님이 어디에서 뭘 드시는지도 다 나온다고 하시던데요? 숙소는 '제주 소랑 스테이'에 계시죠?

— 그걸 어떻게….

명동 한복판에서 발가벗겨진 채로 서 있는 기분이 이럴까. 대아는 당황해 말끝을 흐렸다.

— 숙소 사장님이 교수님하고 찍은 사진을 SNS에 올렸더라고요. 오래 머물 거라 하셨다면서요.

대아는 아차 하면서 무릎을 탁 쳤다. 김범수는 그런 대아의 어설픈 모습에 귀엽다는 듯 조금 웃었다.

— 제가 좀 찾아봬도 될까요? 괜찮으시면 저희 서로 한번 들러 주셔도 좋고요.

— 미안해요. 내가 요즘 좀 쉬고 싶어서….

지금 사건을 볼 여력이 안 된다며 에둘러 거절을 했지만, 김범수는 끈질기게 매달렸다. 부탁과 거절의 실랑이 끝에 뜨거워진 스마트폰을 내려놓자, 다시 숙소에 적막이 찾아왔다. "그래도 이렇게 찾아 주는 사람이 있으니 기분은 좋네." 대아는 낮게 중얼거리며 남은 소주를 비웠다.

*

다음 날 아침, 누구도 찾아온 적 없던 숙소에 처음으로 초인종이 울렸다. 올 사람이 없는데….

— 교수님, 김범수입니다!

어제 들었던 익숙한 목소리다. 약속도 없이 이렇게 불쑥 찾아오다니. 대아는 언짢은 마음에 굳은 얼굴로 문을 열었다.

― 내가 혹시 빚을 지고 갚지 않은 게 있나요?

김범수는 너무 급해 어쩔 수 없었다며 막무가내로 매달리기 시작했다.

― 교수님, 저더러 무릎을 꿇으라면 꿇겠습니다.

김범수는 빚쟁이가 아니라 빚을 지러 온 사람처럼 굴었다. 옷자락을 붙잡고 늘어지기까지 했으니 말이다.

― 교수님, 제가 어지간해선 이렇게 예의 없이 굴지 않을 텐데 정말 골치 아픈 일이라 그럽니다. 교수님께서 마침 제주에 계신 건 하늘의 뜻이나 다름이 없는 것 같아서요. 염치 불고하고, 가르침 주신 거 AS한다고 생각하시고 한 번만 도와주시면 안 되겠습니까?

도대체 무슨 일이길래 이러는 건지 들어나 보자 싶어 자리를 잡고 앉았다.

― 시청 직원 하나가 시장님에게 성추행을 당했다고 신고를 해서 지금 서가 난리가 났습니다. 뉴스 1면에 나오고, 인권 단체가 경찰청 앞에 진을 쳤고요. 서울서 기자들도 모여들고, 아주 시장통이 따로 없어요. 저희 쪽으로 배당되었는데, 서장님부터 담당 수사관까지 기자한

테 시달리고 그걸 다 저한테 풀고 있다니까요? 전 완전 신입이잖습니까. 아주 돌아 버리겠습니다, 교수님.

며칠 전, 제주 시장 김태선은 건축과 직원들과 간담회를 마치고 회식을 했다. 김 시장은 평소에도 직원들과 격의 없이 술자리를 자주 가지는 편이었다. 횟집으로 1차, 호프집으로 2차, 노래방으로 3차를 갈 동안 김 시장은 성별 관계없이 거침없이 직원들에게 술을 따라 줬다. 잔이 비는 꼴을 못 보는 김 시장의 술을 거절하기 힘들었던 직원들은 3차에서 대부분 초주검 상태가 되었다고 한다.

그나마 정신이 붙어 있던 직원들은 서로 챙기며 각자 집으로 돌아갔고, 신입이었던 9급 공무원 차수연 씨가 혼자 남았다. 남은 몇 명의 남직원들은 만취한 여직원을 챙기는 게 부담스러워 피했고, 평소에 친한 동료가 없던 터라 그녀의 집을 아는 사람도 없었다. 김 시장은 자신의 비서에게 차수연의 집 주소를 찾아서 메시지로 보내라 지시했고, 관용차 운전기사에게 직원을 집까지 바래다주자고 제안했다. 운전기사는 차수연을 뒷좌석에 눕혔고, 시장은 조수석에 탔다. 주행을 하던 중 시장이 갑자기 시청으로 차를 돌리라고 했다. 내일 서울 출장을 가는데, 중요한 서류를 놓고 왔다는 거다. 기사는 새벽에 일찍 나와 서류를 찾아가겠다고 했지만, 시장은 번거롭게 그럴 필요 없다며 시청으로 차를 돌리라고 지시했다. 시청에 주차 후, 기사가 서류를 가지러 5층 시장실로 들어갔다.

다음 날 아침, 피해자는 시장이 자신을 강제 추행했다고 경찰에 신고했다. 약 10분간 차가 주차되어 있을 때, 시장이 뒷좌석 문을 열고 들어와 자신의 가슴과 음부를 강제로 만졌다고 진술했다. 만취한 상태여서 몸을 가눌 수 없었지만, 시장의 목소리와 얼굴은 정확히 기억한다고 했다. 분명히 거부 의사를 밝혔음에도 강제 추행했다고 말이다. 왜 기사가 돌아왔을 때 바로 말하지 않았느냐고 경찰이 묻자, 처음엔 당황하고 무서워서 아무 일 없었다는 듯 자는 척을 했지만, 집에 돌아와서 술이 깨고 나니 불쾌감이 더욱 선명해져 경찰서로 온 거라 진술했다.

김태선 시장은 억울하다는 입장이었다. 기사가 차에서 내린 후, 자신은 차에서 내린 적이 없고, 창문을 열고 담배를 태운 게 전부라고 한다. 성추행범으로 몰려 명예가 바닥을 쳤다고 노발대발하며 무고죄로 고소하겠다고 서로 상반된 주장을 하는 상황이다. 김 시장은 피해자가 만취해 꿈을 꾸고 있는 것이라고 주장하는 반면, 피해자는 꿈이 아니라고 한다.

— 너무 쉽잖아. 시청 주차장에 CCTV가 당연히 있을 텐데, 차에서 내렸는지 아닌지는 CCTV를 보면 될 거 아니야. 블랙박스도 있을 거고.

대아가 물었다.

— 그게 말이죠, 그날 하필 블랙박스가 방전이 되었다지 뭐예요. 시청 주차장 CCTV는 확보해서 분석해 봤는데, 운전석에서 기사가 내린 후에 시장이 따라서 내린 장면은 없더라고요. 피해자가 있던 쪽 문을 열지도 않았고요.

— 그럼 답이 나왔잖아. 뭐가 문젠데?

김범수는 난감한 얼굴로 "사실은…" 하고 망설이더니 겨우 입을 떼었다.

— 피해자의 진술이 영상과 부합하지 않기 때문에 사건을 빨리 종결하라고 위에서 압박을 하는데…. 그게 저는 아무래도 찝찝해서요. 피해자의 진술이 거짓말 같지

않고 더 확실한 증거가 있을 것 같은데, 제가 뭘 놓치고 있는지 모르겠으니까 미치겠습니다.

게다가 제주시 여성 인권 단체에서 매일같이 피켓을 들고 시위를 하고 있기 때문에 함부로 덮었다간 큰일이 날 것 같아 무섭다는 말도 덧붙였다. 김범수는 경찰에 대한 국민들의 신의가 많이 떨어진 상황에서 시장의 무혐의를 애매하게 발표했다간, 거짓 수사라고 공권력이 더 추락할 거라며 진심으로 걱정하고 있었다.

— 제발 부탁이니 한 번만 도와주세요. 제 눈에 보이는 건 시장님이 차에서 내리지 않았다는 것밖에는 없어요. 그것 하나로는 무혐의를 완벽하게 밝힐 수 없잖아요, 교수님. 차 안에서 무슨 일이 벌어지는지 어떻게 알겠어요. 이대로 넘어가는 건… 안 될 것 같습니다. 교수님께서 분석해 주시면 윗선에서도 모두 납득할 거예요. 그게 기든, 아니든. 판독 불가라고 해도 좋으니 제발 부탁드립니다, 교수님.

간절한 김범수의 말을 듣자, 대아의 마음도 흔들렸다. 그 찜찜한 직감 하나로 집요하게 사건을 파헤쳐 억울한 사람을 몇이나 구했는가. 김범수의 열정이 대아의 마음을 움직였다.

— 그럼 나랑 약속 하나만 합시다. 사건을 해결하는
걸 도울 테니, 일이 다 끝나면 내 부탁 하나만 들어줘요.
— 물론입니다. 제 힘이 닿는 일이라면 뭐든요.

대아는 제주에 내려올 때 입었던 수트로 갈아입었다.
구두의 뒤축이 여전히 단단해서 허리를 곧게 펴고 경찰
서로 향했다.

*

택시를 타고 제주 서부 경찰서 입구에 들어섰다. 시
민 단체들이 피켓을 들고 한창 시위 중이었다. 김범수가
말한 대로 생각보다 상황이 심각해 보였다. 택시에서 내
려 경찰서 안으로 들어가는 길에 시위 중이던 한 남자가
대아를 알아보고 소리쳤다.

— 이대아다! 진실을 밝혀 줄 분이 오셨다!

진실을 밝히는 건 대아의 당연한 소임이다. 하지만
아직까지는 어느 쪽의 말이 진실인지 알 수 없지 않은
가. 대아는 황급히 안으로 도망치듯 들어갔다.

— 안녕하세요, 이대아입니다.

— 반갑습니다. 김범수 분석관에게 이야기 많이 들었습니다.

경찰서장이 악수를 청했다.

— 아시겠지만 이 사건이 제주시뿐 아니라 저 윗분들에게도 관심이 많은 사건이라, 이렇게 모시게 됐습니다. 아주 뜨거운 감자예요. 박사님 같은 분이 오셔서 분석해 주시면, 그 어느 쪽에도 치우치지 않고 공정한 결과를 냈다고 다들 인정하지 않겠습니까?

뭔가 찾아 주기를 바라는 경찰서장과 간부들이 일렬로 서서 고개를 숙이는 상당히 부담스러운 분위기가 펼쳐졌다. 어색하게 고개를 끄덕이고 세팅 확인을 핑계로 황급히 먼저 회의실로 들어갔다.

회의실에는 김범수가 영상 분석을 위한 세팅을 마무리 중이었다. 분석에 필요한 소프트웨어들이 설치된 노트북이 놓여 있고, 모니터 화면을 벽면 가득 채운 스크린에 띄웠다. 경찰들은 대아의 영상 분석을 실시간으로 보게 된다.

곧이어 서장과 간부들이 모두 회의실로 들어와 앉았

다. 회의실은 가운데를 비우고 디귿자로 책상을 이어 붙인 형태였는데, 서장은 화면이 정면으로 보이는 자리에 앉고, 양쪽 날개로 간부들이 앉았다. 세팅을 마친 김범수가 옆으로 다가와 교수님 덕분에 살았다고 작게 속삭이듯 말했다. 관객들의 호기심 가득한 얼굴과 수군거림을 뒤로 하고 대아는 분석을 시작했다. 스크린에서는 대아의 모니터가 실시간으로 중계됐다. 화면이 조금씩 바뀔 때마다 경찰 간부들은 자기들끼리 고개를 끄덕거리거나 놀란 얼굴을 하며 웅성거렸다. 하지만 그런 소란함도 잠시였다. 분석 시간이 1시간이 넘어가자, 집중력이 떨어진 사람들은 하나둘 담배를 피우러 나가고, 심지어 대놓고 졸기까지 했다. 김범수만 눈을 말똥말똥 뜨고 대아의 작업을 흥미롭게 관찰했다.

분석 3시간째, 드디어 대아가 입을 열었다.

— 피의자, 피해자 조서를 볼 수 있을까요?

꾸벅 졸던 서장은 벌떡 일어나 입가를 훔치며 담당 수사과장에게 조서를 가져오라고 지시했다.

대아는 수사과장이 전달한 조서까지 모두 살핀 뒤, 조서를 덮으며 말했다.

— 역시 거짓말이었네요. 술에 취해서 할 수 있는 거짓말이 아니에요. 일부러 악의적으로 거짓말을 한 겁니다.

관객석에서 박수가 터져 나왔다. "역시 그럴 줄 알았어.", "맹랑한 년.", "하여튼 요즘 것들은." 탄식과 함께 피해자를 모욕하는 말들이 오갔다. 대아는 동요 없이 분석한 영상을 재생했다.

— 시장님은 조수석에서 창문을 내리고 담배를 피우며 기사를 기다렸다고 진술하셨네요. 그런데 영상 분석상 시장님은 담배를 피운 적이 없습니다. 시청에 설치된 CCTV는 야간에 적외선 모드로 바뀌는 가변형 CCTV입니다. 그래서 모두 흑백으로 기록되었죠. 주차장 옆에 있는 나뭇잎을 보시죠. 흰색으로 보이시나요?

분위기가 일순간 싸해졌다. 몇몇 간부들은 대아가 무슨 말을 하고 싶어 하는 건지 이해하지 못한 얼굴로 눈을 찌푸리며 CCTV 속 나뭇잎들을 집중해서 보기 시작했다. 화면 속 모든 피사체가 네거티브 필름을 씌운 듯 흰색과 검은색으로 보였다.

— 사건 당시 CCTV는 적외선 카메라로 촬영되고 있었습니다. 적외선은 아주 작은 불빛에도 민감하게 반응

합니다. 이런 나무 잎사귀가 하얗게 보이는 건 잎이 광합성을 하기 때문이고요. 이 외에 주변에 있는 적외선 반사에서 나타나는 형체들이 많습니다. 자, 저기 화면 끝을 보시죠.

대아가 레이저 포인터로 스크린의 화면 끝을 가리켰다. 화면 끝에 흰색과 회색의 물체가 움직이고 있었다.

— 여기 움직이는 물체는 사람입니다. 확대를 해 볼까요? 사람이죠. 입 주변의 광원이 커졌다 작아졌다를 반복합니다. 누군가 담배를 피우며 서성이는 겁니다. 여기가 흡연실이더군요. 만약 시장님이 조수석에서 창문을 열고 담배를 피웠다면, 저 사람보다 CCTV에 훨씬 가까이에 주차된 차량의 조수석 창문에서 당연히 점광원[11]이 식별돼야 합니다. 그런데 조수석 창문 쪽에서는 어떠한 빛도 식별되지 않습니다.

"왜 담배 연기를 놓쳤을까." 옆에서 듣고 있던 김범수는 아차 하는 얼굴로 탄식하며 괜히 노트에 펜을 톡톡 치며 자책했다. 간부들은 점점 결과를 떠나 대아의 분석에 빠져들어 흥미로운 표정을 하고 있었다.

---

11 크기와 형태가 없이 하나의 점으로 보이는 빛의 모양

— 그래서, 그래서 다음은?

경찰 간부 하나가 저도 모르게 드라마의 다음 편을 내놓으라는 투로 말했다.

— 담배를 피우지 않았을 뿐 아니라, 시장님은 창문 자체를 내린 적이 없습니다.

화면을 분할하여 왼쪽에는 주차장에 주차된 차량들의 유리면을 확대한 영상을, 오른쪽에는 사건 영상을 띄웠다.

— 주차장에는 가로등이 많죠. 샘플링한 다른 차량들의 유리를 보시면 CCTV의 촬영 각도와 무관하게 가로등에 의한 빛 반사가 식별됩니다.

간부들은 모두 수긍하듯 고개를 끄덕였다. 몇몇은 대아가 무엇을 말하려고 하는지 눈치채고 한 템포 빠르게 감탄사를 내뱉었다.

— 운이 좋게도 주차된 시장님의 차량은 가로등에 가까이 주차되어 있네요. 그래서 그런지 시장님이 앉아 있던 조수석 창문에는 빛 반사가 눈에 띄게 보입니다. 기사님이 내리고 다시 차량에 탑승할 때까지 말이죠.

— 시장님이 조수석 창문을 연 적도 없는 게 맞다는 거죠?

— 네, 맞습니다.

— 담배야, 술을 좀 많이 드셔서 착각하셨을 수도 있겠네요.

정보과장이 시장을 두둔하는 듯한 발언을 하자, 이내 간부들 사이에서도 시장이 거짓말을 했다는 쪽과 그 거짓말이 별것 아니었기 때문에 문제 될 게 없다는 쪽으로 입장이 갈렸다. 그때 여청과장[12]이 소리를 높여 말했다.

— 진술조서에서 시장님이 일관되게 담배를 피웠다고 진술하셨는데, 자신의 결백을 주장하려 있지도 않은 일을 마치 있었던 일처럼 말하며 거짓으로 꾸민 게 굉장히 악질적이라고 봅니다.

— 피해자 진술도 똑같이 신뢰도가 떨어지는 거 아닙니까? 피해자도 시장님이 뒷좌석 문을 열고 들어왔다고 했는데 거짓말이었으니까! 그래도 시장님 진술이 더 신빙성이 있지요.

정보과장이 여청과장의 말을 반박했다. 다른 간부들

---

12  여성·청소년 담당 부서 과장

도 동조하기 시작했다.

— 안 했다는 증거도 없지만, 강제 추행을 했다는 증거도 없잖습니까! 오히려 안 했다 쪽에 가깝죠. 이건 무죄 추정의 원칙에 따라야 한다는 말입니다.

정보과장의 강한 어조에 서장은 자중하라는 눈치를 주기 시작했다. 여청과장의 말도, 정보과장의 말도 일리가 있었다. 진술의 신빙성에 대해서 따질 거리가 충분하지만, 그거야 경찰이 할 일이다. 경찰 간부들의 분위기가 점점 과열되자, 대아가 더 지체하지 않고 답을 했다.

— 시장님은 문을 열고 내린 적이 없습니다. 조수석에서 뒷좌석으로 이동한 후, 다시 조수석으로 돌아온 거죠.

— 그게 무슨 말이죠? 그걸 당신이 어떻게 알아냈죠? 선팅 때문에 차 안은 보이지도 않는데!

정보과장은 대아의 분석을 반박했다. 대아는 최종 증거물을 스크린에 띄웠다.

— 여러분들이 보시기에는 차량의 움직임이 없어 보이죠? 영상을 압축해 보겠습니다. 10분짜리 영상을 20초로

축약해 차량의 중심축 이동을 살펴볼 겁니다. 이 과정을 거치면 미세한 차량 움직임을 추적할 수 있습니다.

영상 축약을 마친 대아는 다시 영상을 확대하고, 차량의 전방, 중간, 후미 축에 대한 움직임 좌표를 정리했다. 시간대별 차량의 움직임 변화를 출력한 뒤 엑셀을 열어 각 수치를 입력하자, 눈치 빠른 형사과장이 "거봐!" 하며 책상을 탁 쳤다.

— 축 변화 결과를 보시면 전방에서 후방으로, 다시 후방에서 전방으로 변화하는 데이터값이 도출됐습니다. 쉽게 말해 차의 무게 중심이 뒤로 이동했다가 다시 앞으로 이동했다는 것이죠. 차 안에서 뒤로 이동할 사람은 시장님밖에 없겠죠. 아마도 시장님은 CCTV를 피하기 위해 차 안에서 뒷좌석으로 이동한 후 피해자를 성추행하고, 기사님이 돌아오기 전 다시 조수석으로 이동한 것으로 판단됩니다.

대아의 말을 다 들은 여청과장은 그럴 줄 알았다는 얼굴로 고개를 연신 끄덕였다. 다른 간부들은 이내 모두 서장의 얼굴만 쳐다보기 시작했다. 서장은 잠시 생각하더니 결심한 듯 말했다.

— 김태선 시장, 구속 영장 발부 신청하도록 하세요.

*

김범수가 CCTV 파일이 담긴 USB를 내밀었다.

— 교수님, 부탁하신 렌터카 업체 3년 전 기록 말인데요. 당연히 CCTV나 자료는 없고, 다행히 그때 일하던 직원이 아직 근무를 하더라고요. 그날 일을 기억하고 있다고 하니, 한번 만나 보시면 될 것 같습니다. 그리고 여기, 2021년 11월 21일 제주시 노향동 화재 사건 CCTV 파일들입니다. 다만 유출은 안 됩니다. 서에서 보고만 가시기로 서장님께 허락받고 가져왔습니다.

대아가 USB와 렌터카 업체 직원 연락처를 건네받으며 김범수에게 감사 인사를 전하자, 김범수가 허리를 숙여 꾸벅 인사를 했다.

— 제가 훨씬 더 많이 감사드립니다. 교수님, 정말 감사합니다. 역시 저는 아직 멀었다고 느꼈습니다.

— 아니, 충분한 것 같아요.

— 제가요?

— 김범수 씨가 끝까지 마음이 놓이질 않아 날 찾아
왔으니, 피해자가 억울함을 풀 수 있었잖아요. 가르친 보
람이 있어요.

대아는 진심으로 뿌듯함을 느끼고 있었다. 사건을
빨리 종료하라는 외압에도 끝까지 파헤치려 한 그의 소
신이 한 사람을 살렸다. 불쑥 찾아와 바짓가랑이를 잡은
무례함은 그의 열정이 지나쳐 벌어진 해프닝으로 이해하
기로 했다.

— 서장님께서 박사님께 저녁 식사를 대접하시겠다
고 하는데, 혹시 이후에 일정 괜찮으실까요?

대아는 아침부터 먹은 거라곤 커피 한 잔이 전부였지
만, 고개를 저으며 USB, 이거면 충분하다고 했다. 사건
해결에 있어서 마지막 단계에 있었을 뿐, 특별한 대접을
받을 이유는 없다고. 그 어느 쪽에도 치우치지 않고 영
상 증거의 해결을 위해 발 벗고 나서 준 김범수 분석관,
그녀의 말을 끝까지 믿어 주며 피해자에게 힘이 되어 준
시민 단체, 외압에도 흔들리지 않았던 여청과장, 경찰서
장까지 모두가 제 몫을 해 주었기에 가능한 일이었다. 마
치 세상을 상대하는 것 같은 아득한 두려움을 느꼈을 피

해자가 이번 일로 어쩌면 세상은 그렇게 나쁘지 않을지도 모른다고 느꼈기를 바랐다. 대아는 어쩐지 더없이 속이 든든하게 채워진 기분이 들었다.

*

김범수가 분석 작업을 할 때 쓰는 방을 안내해 줬다. 편히 확인하라며 자리까지 비워 주었다. 작은 방에는 책상 두 개와 대형 모니터가 듀얼로 설치되어 있었다. 대아는 손에 든 USB를 꽂으면 3년 전 그날 카페에서 무슨 일이 있었는지 알 수 있다는 생각에 맥박이 빠르게 뛰었다.

『 USB 동영상 원본, 촬영 날짜 - 2021년 11월 21일 』

예측한 대로 여러 전신주의 CCTV 파일 중 한 전신주 CCTV의 화각이 건너편 카페의 창가 자리까지 비췄다. 통창 너머로 커피를 마시는 손님들의 모습까지 또렷하게 보였다. 선희가 커피 잔 사진을 찍은 시간을 확인해 영상 시간을 맞추고, 빠른 배속으로 재생시켰다. 선희가 카페로 들어갔다. 선희는 창밖을 한참 바라본다. 카페 사장의 기억과 같이 사장이 선희에게 다가가자, 때마침 조동연이 카페로 들어갔다. 세 사람이 잠시 대화를 나누는가 싶더니, 이내 조동연이 선희의 팔을 붙잡고 거의 끝다시피 카페 밖으로 데리고 나왔다. CCTV에서는 선희가 마스크를 쓰고 있었으므로 얼굴의 상처를 확인할 수는 없었다. 조동연이 주차된 차량의 조수석 문을 거칠게 열고 선희를 밀어 넣으려는데, 선희가 몸에 힘을 주며 거부하는 듯했다. 조동연은 반사적으로 손을 치켜올렸다가 내렸다.

대아는 이 영상을 보고 확신했다. 두 사람의 사이가 나쁘지는 않았다는 선영의 말이 틀렸다는 것을. 대아의 눈에 두 사람은 최악에 가까워 보였다. 조동연이 선희를 대하는 모습은 한두 번 일어나는 특별한 행동이 아니라, 망설임 없는 습관적인 행동이었다. 감각 반응 속도를 봤을 때 주춤하거나 머뭇대지 않고, 거침없이… 선희를 함부로 대했다.

*

경찰서에서 하루 종일 진을 빼서인지, 숙소에 들어오자마자 기절하듯 잠들었다. 얼마쯤 잤을까, 스마트폰에서 울리는 요란한 진동 소리에 깼다. 혜인 씨였다.

— 드디어 받으시네! 도대체 뭐 하고 다니는 거예요? 이참에 제주도로 사무실을 옮기실 생각이세요?

대뜸 일주일 만에 전화해서 뭐 하고 다니냐니. 대아는 잠이 덜 깬 채로 혜인이 랩을 하듯 쏟아 내는 말을 가만히 듣고만 있었다.

— 제주시장 구속하는 데 박사님이 결정적 증거를 잡았다면서 기사가 떴던데요?

— 기자들이 빠르네. 방금 전에 분석하고 들어왔는데.

— 무슨 소리예요, 어제저녁부터 난리였는데.

혜인이 무슨 소릴 하나 싶어 스마트폰을 귀에서 떼어 내 시간을 확인했다. 한 시간 남짓 지난 게 맞는데, 이상하다. 아차, 날짜까지 확인하고 나서야 24시간이 지났다는 걸 인지했다. 대아가 말이 없자, 혜인이 다시 말했다.

— 제주에서 아주 팔자가 늘어지셨어요. 하루를 꼬박 주무시고. 누구는 어제부터 걱정돼서 잠 한숨도 못 자고 출근했는데!

— 근래 팔자가 제일 좋은 건 맞아. 근데 혜인 씨는 다른 일 알아보라니까, 왜 출근을 했어? 사무실에서 훔쳐 갈 거 있으면 훔쳐 가. 신고는 안 할게.

— 사무실에 훔쳐 갈 게 어딨어요. 커피믹스도 다 떨어져서 먹을 것도 없는데. 일이 그리우면 거기서 공짜로 무료 봉사하지 말고, 서울 와서 하세요.

혜인은 당부도 잊지 않았다.

— 다 관두겠다고 제주까지 가서 도대체 뭔 일을 하는진 모르겠지만, 잠도 잘 못 주무시던 양반이 스물네 시간을 내리 잤다니 마음은 놓이네요. 잠 챙기는 것처럼 밥도 잘 챙기시고요. 박사님은 혼자가 아니라 딸린 식구가 있다는 걸 명심하시란 말이에요!

대아는 혜인에게 평소 잘하지 않던 고맙다는 말을 전한 뒤, 괜스레 발끝이 간지러워 서둘러 전화를 끊었다.

네 번째 흔적

# 페르소나

영상 분석가로 일하면서 사람의 기억은 종종 실수한다는 걸 알게 되었다. 그래서 대아는 기억을 전적으로 신뢰하지 않는다. 기억은 이따금 시간이 지날수록 진실과 점점 멀어져 왜곡되고 비틀어진다. 그렇게 변형된 기억은 점점 강해져 몸집을 불리고 그 사람의 신념으로 자리 잡는다. 객관적 증거도, 진실도 소용없어진다. 하지만 영상이나 사진은 다르다. 왜곡되지 않으며 자체 편집되지 않는다. 해석하는 사람이 악의적으로 편집할 수는 있어도, 영상 증거는 그저 사실만을 기록할 뿐이다.

11월 21일 CCTV를 통해 조동연과 선희, 두 사람 사이에 어떤 문제가 있었음을 확인했다. 카페 사장이 선희와 조동연을 본 기억도 왜곡되지 않은 사실로 드러났다.

앞마당에서 바람을 좀 쐬고 있는데, 백 변호사에게서 전화가 걸려 왔다. 정 씨 2심과 관련해 할 말이 있다고 했다.

백 변호사의 용건이 끝나자, 대아가 물었다.

― 혹시 원고 측 변호사에 대해서 아는 게 있습니까?

― 조 변호사요? 잘 알죠. 변시 두 해 아래거든요. 그런데 박사님이 조변은 무슨 일로?

― 혹시 관계가 깊으시거나 하면 실례했습니다.

― 아니에요, 박사님. 저 그놈하고 연 끊은 지 꽤 됐습니다. 저번 정 씨 재판에 장난질한 것도 그렇고, 법조인 품격 다 깎아 먹는 놈이라니까요!

백 변호사가 조동연에게 쌓인 게 많은 듯 푸념을 늘어놓았다. 대아는 지금은 말할 수 없지만 의뢰 건으로 조사할 것이 있다며, 그에 대해 얘기해 줄 수 있냐고 다시 정중하게 부탁했다. 백 변호사는 흔쾌히 조동연에 대해 얘기해 주었다.

― 조변이 원래 검사였던 건 알고 계시죠? 김필승 대마초 사건, 강압 수사로 한창 떠들썩했는데요.

― 그 사건이 조동연 담당이었습니까?

— 네. 초임 검사가 야망에 눈이 멀어서 무리하게 들쑤셨다가 김필승 자살하고, 여론 개 박살 나고…. 뭐, 그때 일로 징계는 먹었는데 그 징계도 억울하다고 제 발로 나간 거죠. 본인은 억울하다고 하지만, 우리처럼 조변을 가까이에서 본 동료들은 하나같이 말했죠. 그 욕심에 사고 한번 칠 줄 알았다고.

— 다른 건요? 개인사라든가….

— 소문난 애처가였죠. 와이프 일이면 재판을 하다가도 뛰쳐나갈 정도였으니까요. 그런데 와이프가 죽었어요. 같이 휴가 갔다가 사고로. 김필승 사건 이후로 사람이 좀 악랄해졌다고 해야 되나? 재판을 해도 꼭 더럽게 하고 그랬는데, 와이프까지 죽고 나니까 완전 망가졌죠. 술, 담배에 찌들어서 이제는 주변에 어울리는 동기들도 없다 그러더라고요. 그 정신으로 일은 어떻게 하나 몰라. 그러니까 이번 정 씨 재판도 꼭 이겨야 한다고요. 꼭!

백 변호사와 전화를 끊고 대아는 생각에 잠겼다.

조동연은 아내의 요청으로 휴가를 내고 제주도 한달살이를 떠났다. 과시용 일상이 대부분인 SNS에 업로드된 아내의 사진. 스크린 골프를 치러 갈 때에도 꼭 아내와 동행할 정도로 친밀한 관계. 그런 애처가가 정작 아내가 다쳤을 때 병원에는 동행하지 않았다. 걷기 불편할 정도로 다리를 다친 아내를 병원에 데려가지 않은 데다, 도움을 주려는 사람에게 거꾸로 화를 내기까지? 거기에 더해 선희를 함부로 대하던 그날의 CCTV 영상이 머릿속에 떠올랐다. 조동연은 절대로 애처가가 될 수 없다. 당장이라도 조동연에게 달려가 멱살을 잡아채고 싶지만, 결정적 한 방이 필요하다.

노트북을 열어 피부과에서 연고를 처방받기 전후로 촬영된 선희의 얼굴 사진을 집중적으로 파헤치기 시작했다. 얼굴이 나온 사진이 몇 장 없지만, 확실히 18일 이전에 촬영된 사진에선 멍이나 상처는 없었다. 18일 이후의 사진을 살펴보던 중 눈에 띄는 사진이 있었다. 유일하게 선희가 조동연이 아닌, 다른 사람과 함께 찍은 사진.

11월 22일, 선희는 구담리에 있는 향수 제조 공방에 들렀다.

*

『 USB 사진 원본, 촬영 날짜 - 2021년 11월 22일 』
공방은 주택을 개조한 듯 작고 아담했다. 하얀색 굵

은 실을 꼬아 만든 벽 장식이 공방 여기저기 걸려 있었다. 수백 개도 넘는 작은 갈색 병이 테이블 위에 빼곡히 늘어놓아져 있다. 선희는 앞치마를 한 자신의 모습을 얼굴이 나오지 않도록 위에서 아래로 찍었다. 또 다른 사진은 수업을 같이 들은 다섯 명의 사람과 함께 찍은 사진이었다. 수업을 주최한 선생님이 찍어 준 듯하다. 다섯 명 모두 자신이 만든 향수를 손에 들고 활짝 웃고 있었다. 향수로 자기 얼굴을 절반쯤 가리긴 했지만, 선희도 웃고 있었다. 복잡한 일이라곤 없는 사람처럼 환하게. 선희가 양손으로 조심히 잡아 든 작은 향수병을 확대해 보면 'dear. DY'라고 적힌 라벨이 붙어 있었다. 선희의 사고가 있던 23일, 그날은 두 사람의 결혼 10주년 기념일이었다. 선희는 조동연에게 선물할 향수를 만든 것 같다.

*

대아는 사진을 보고 혼란스러워졌다. 11월 18일, 조동연과 몸싸움이 있었다면, 그런 일이 있고 나흘 만에 공방에 들러 그를 위한 향수를 만들고, 저런 무해한 웃음을 지으며 사진을 찍을 수 있을까? 게다가 선희의 얼굴에 상처가 보이지 않는다. 분명 카페 사장 말로는 한쪽 얼굴에 시퍼런 멍이 들었다고 했고, 병원 기록에서도 왼쪽 얼굴의 타박상이 꽤 심각한 수준이라 쓰여 있었다. 그 정도 상처라면 완전히 아무는 데까지 족히 일주일은 더 걸릴 텐데…. 화장으로 가린 걸까? 화질 개선 프로그램을 사용하면 아무리 파운데이션을 두껍게 발랐다고 해도 멍 자국이나 상처는 쉽게 드러난다. 하지만 이 사진에선 눈으로도, 화질 개선 프로그램으로도 멍이나 상처가 식별되지 않았다. 혹시 다른 날 찍은 사진을 11월 22일에 전송받은 것일지도 모르니 원본의 정보도 확인해 보았지만, 원본의 촬영 일자도 11월 22일이 맞았다. 퍼즐이 딱 맞아떨어지지 않자, 대아는 잠시 생각에 잠겼다. 혹시…? 의아한 마음을 품고 위변조 프로그램을 사용해 사진에 문제가 없는지 분석해 보기로 했다.

역시 선희가 향수를 들고 있는 사진에 위변조 신호가 감지되었다. 이 사진은 조작된 파일이었다. 선희는 얼굴을 보정해 주는 앱을 사용해 멍 자국을 지웠다. 사진 속에 누군가를 위한 메시지를 남기던 선희였으니, 이 사진을 보는 누군가에게 멍든 얼굴을 보이고 싶지 않았던 걸까. 그런 선희를 생각하자, 안쓰러운 마음에 코끝이 시큰해졌다. 원본이 있으면 모를까, 필터링을 통해 변조된 얼굴을 복원할 수는 없다. 다른 방법은 없을까?

선영의 도움으로 3년 전 선희를 진료했던 피부과 의사와 짧게 통화할 수 있었다. 대아는 원장에게 진료 기록 외에 기억나는 것이 없는지 물었다. 원장은 3년이나 지나서 기억이 잘 나지 않는다고 했다. 환자 가족의 요청이 있긴 했지만, 개인 정보를 함부로 말할 수 없다고 했다. 소견서 역시 형사 사건이 아니라 써 줄 수 없단다. 대신 법정에 서게 되면 3년 전에 쓴 소견서에 대한 본인의 의견은 증언하겠다고 했다.

대아는 벽에 부딪힌 기분이 들었다. 하지만 포기할 수는 없다. 이런 찜찜한 기분으로 선희의 보고서를 써 내려갈 수는 없으니까. 좀 더 까다로운 방법을 써서라도 선희의 상태를 확보해야 했다.

단체 사진 속 5명의 얼굴을 모두 화질 개선한 뒤, 검색 엔진을 통해 동일인을 찾아봤다. 다행히 그중 3명이 SNS 활동을 하고 있었다. 3년 전 구담리 공방에서 촬영한 사진을 찾으려 피드를 한참 내렸다. 그중 2명은 3년 전 게시물을 삭제했거나 업로드하지 않았고, 단 한 명, 20대 여성의 SNS에만 그날의 사진이 여러 장 올라와 있었다.

그녀가 올린 여러 장의 사진 중 향수를 제조하고 있는 선희가 나온 사진을 발견했다. 게다가 마침 왼쪽 얼굴이 찍힌 옆모습이다. 대아는 흥분된 마음을 가라앉히고 얼른 사진을 캡처했다. 제발 기본 카메라로 찍은 사진이기를 바라며 사진을 확대하고 화질을 개선했다. 화질이 점점 개선되자, 선희의 화장 속 상처가 어렴풋이 보이기 시작했다.

마지막으로 꼼꼼하게 작은 픽셀 하나하나를 채워 가며 사진을 복원하자, 선희의 볼에 멍이 선명하게 드러났다.

\*

선희는 11월 18일 별새오름 산책 후, 다음 날 오전 피부과 진료를 받기까지 왼쪽 얼굴에 찰과상과 타박상을 입었고, 넘어지면서 발목을 접질렀거나 왼쪽 무릎을 다쳤다. 피부과는 갔지만 정형외과까지 가지 않은 걸 보면, 걸음이 불편했지만 파스나 연고를 바르며 자연 치유되길 기다렸겠다. 20일에 컨디션이 조금 나아져 21일부터는 다시 조동연의 스크린 골프 스케줄에 동행했다. 조동연이 별새오름을 금새오름이라고 올린 인스타그램 게

시물의 날짜가 11월 18일이다. 오름에 올랐던 두 사람에게 무슨 일이 있었던 걸까? 아니면 숙소에 돌아와 다퉜을까? 조동연이 그날 일을 숨기기 위해서 별새오름을 금새오름이라고 의도적으로 다르게 올린 건 아닐까? 선희는 두려워하고 있었을까? 누군가를 위해 메시지를 던지듯 사진과 영상을 남겨 놓은 것을 보면, 분명 선희는 어떤 큰 불행이 자신을 덮칠지 모른다고 예감하고 있었다. 선희의 지난 이야기가 대아가 상상했던 것처럼 자꾸만 더 안 좋은 쪽으로 흐르고 있다. 예상을 벗어나길 바랐는데…. 도대체 너는 어떻게 살아온 거니. 아니, 어떤 마음으로 버텨 온 거니…. 머리가 복잡해진다. 대아는 숙소로 돌아오는 길에 편의점에서 소주 두 병을 샀다. 오늘은 취하지 않으면 잠을 잘 수 없을 것 같다.

다섯 번째 흔적

# 다빈치 코드

선희의 얼굴에 남은 멍과 피부과 기록을 확보했다. 하지만 결정적으로 조동연이 선희의 상처와 직접적으로 관련되어 있다는 사실을 입증할 증거는 찾지 못했다. 모두 추측일 뿐이다. 대아는 시간이 갈수록 점점 자신이 없어졌다. 선희의 상처를 눈으로 확인했고, 선희가 불행했다는 사실이 점점 선명해지자, 대아의 안에 있던 감정도 함께 선명해져 왔다. 그것은 두려움이었다. 억누르고 참고 감춰왔던 분노의 아래, 선명한 두려움이 버티고 있었다. 선희의 불행을 제 손으로 밝혀내야 한다니. 자신이 상상한 최악이 현실이 될까 봐 점점 더 두려워졌다.

대아는 이틀째 먹지도 자지도 않고, 외출도 하지 않은 채 책상 앞에 앉아 검은 모니터만 바라봤다. 다시 처음으로 돌아가 생각을 해 보기로 했다. 제주에 내려와 처음으로 금새오름을 갔던 날을 떠올렸다. 조동연이 실수인지 고의인지, 위치 정보를 잘못 찍어 올린 별새오름. 그곳으로 가야겠다.

별새오름으로 간다고 해서 별 뾰족한 수가 있을 거라 기대하진 않았다. 그저 며칠 동안 몸을 너무 움직이지 않아서 다시 살아 있는 기분을 느껴 볼까 하는 생각이었다. 별새오름에 도착해 차를 주차하고 고개를 크게 한 바퀴 돌렸다. 금새오름보다 작은 언덕인 별새오름은 오르기가 쉬워 관광객이 많았다. 다른 사람이 앵글에 걸리지 않도록 사진을 찍기 힘들 정도로 사람이 많은 오름이었다. 조동연이 선희를 찍은 사진에서도 멀리 관광객이 찍혀 있었다. 제주에서 생활하는 동안 타인과 접촉이 많지 않았던 두 사람이 이렇게 오픈된 장소에서 큰 소리를 내고 몸싸움했을 리 없다.

한 걸음씩 올라 오름의 정상으로 향했다. 금새오름보다 오르기가 훨씬 수월했다. 경사도 완만하고, 바닥이 미끄러운 구간은 짚으로 만든 멍석이 깔려 있어 발이 착착 붙었다. 여기선 넘어진다고 해도 크게 다칠 일은 없어 보인다. 경사가 급하다 싶으면 바로 데크로 만든 계단이 나왔고, 그 계단도 그리 길지 않았다. 숨을 깔딱이며 오른 금새오름을 생각하니 조동연에게 놀아났다는 생각이 들어 약이 바짝 올랐다. 대아는 한 걸음 한 걸음 오르며 조동연에 대한 의심, 선희의 석연치 않은 죽음에 대한 직감이 그저 자신의 망상이나 억측에 불과할 뿐일지도 모른다고 자신을 끝없이 의심하고, 자신을 속여도 봤다. 두려움에 회피를 하려고 어딘가 숨을 구석이 있을지 심연을 들춰 댔다. 그러나 피할 곳이 없었다. 생각의 끝에 다다르자, 여기서 관둘 수는 없다는 생각이 분명해져 왔다.

오름의 정상에 도착했다. 기분 좋은 구슬땀이 이마에 맺혔다. 대아는 선희가 서 있던 자리에 섰다. 사진에서처럼 선희의 시선 끝에 작은 언덕이 보인다. 목적지가 보이지 않는 언덕 너머의 제주를 바라보고 서 있는데, 바람이 강하게 대아를 밀어냈다. 휘청거리는 몸에 힘을 주고, 두 다리를 꼿꼿이 땅에 박듯 섰다.

그때 어디선가 날아온 손톱만 한 벚꽃잎이 대아의 볼을 훑고 지나갔다.

— 선배, 넌 할 수 있어.

선희의 육성이 들리는 듯했다.

그래, 관둘 때 관두더라도 끝까지 가 보자.

대아는 의지를 다잡았다. 숨을 크게 들이마시자, 체온과도 같은 따뜻한 공기가 대아의 속에 가득 찼다.

*

다시 숙소로 돌아왔다. 바람을 쐬고 왔더니 기분이 좀 나아졌다. 샤워를 한 뒤, 젖은 머리로 다시 책상 앞에 앉았다. 선희와 관련된 사진을 분류해 둔 폴더를 다 풀어 헤쳤다. 섬네일을 최소 크기로 줄이자, 모니터 화면에 수백 개의 섬네일이 펼쳐졌다. 퍼즐 조각 같기도 하고, 모자이크 같기도 한 수백 개의 작은 사각형들을 가만히 들여다본다. 다빈치 코드처럼 이 사각형들 속 어딘가에 숨겨진 퍼즐이 보인다면, 그래서 또 다른 단서를 찾을 수 있다면…. 역시 영화와 현실은 다른 거겠지? 사진의 정렬도 바꿔 보고, 사이즈별로 분류해 보기도 했다. 대아는 초점 잃은 눈으로 의미 없이 마우스를 움직였다.

마우스 오른쪽을… 클릭, 파일 정렬 방법… 클릭, 이름순… 클릭, 자세히 보기… 클릭. img_3045,

img_3046, img_3047, img_3049, img_3050…. 아래에서 위로, 위에서 아래로. 갈 길을 잃은 마우스가 어지럽게 허공에 표류하던 중 순간적으로 마우스를 쥔 손이 멈추며 책상 위로 가볍게 안착했다. 탁. 잠깐, img_3048은? 수백 장의 사진이 각자의 일련번호를 가지고 빼곡히 늘어선 가운데, 딱 한 장이 비어 있었다. 뭘까. 왜 한 장만 빠졌을까. 삭제된 걸까, 아니면 삭제한 걸까. 사라진 사진은 의미 없는 사진일지 모른다. 찍고 나서 마음에 들지 않았을 수도 있고, 실수로 셔터가 눌린 사진이라 삭제했을 수도 있다. 하지만 대아는 작은 결점 하나라도 그냥 넘기고 싶지 않았다. 한 톨이라도 의심스러운 정황을 남기지 않아야 나중에 후회가 없을 것 같았다. 사진을 다시 날짜순으로 정렬을 바꿔 확인했다.

3047번의 사진이 11월 17일의 사진이고, 3049번의 사진이 11월 19일의 사진이다. 선희가 11월 18일에 사진을 찍지 않았다고 생각했는데, 18일의 사진은 삭제된 거다. 선희가 다친 걸로 추정되는 그날 저녁의 사진이. 날짜순으로 정리되는 파일 이름에서 하나가 빈다면, 그것은 누군가 의도적으로 사진을 삭제했다는 말이다.

대아는 초조해진 마음으로 다급하게 선영에게 전화

를 걸었다. 밤늦게 실례한다는 말도 잊은 채 다짜고짜
물었다.

— USB 속 사진들은 어떻게 다운로드받았죠?

— 형부가 언니의 클라우드 아이디와 비번을 알고 있
었어요. 그래서 형부가 다운로드한 파일을 USB에 담아
저한테 전달해 줬어요.

— 이 USB가 조동연이 준 거란 말이에요?

— 네. 뭐, 파일에 문제 있나요?

— 아니요. 큰 문제는 아니고, 지워진 파일이 있는 것
같아서….

— 저는 지운 적이 없는데… 형부에게 물어봐 드릴까
요?

— 아니요, 필요하다면 제가 직접 연락해 보지요.

아직은 모든 게 가설이기 때문에 선영에게 별일 아니
라고 말한 뒤, 전화를 끊었다. 파일을 조동연이 마지막
으로 정리했다니. 조동연이 선희의 사진을 자체 검열해
서 선영에게 넘겨주었을 가능성이 생겼다. 역시 모든 이
야기의 끝은 결국 그를 가리키고 있다.

USB에서 삭제된 파일은 눈에 보이지 않지만 USB에

남아 있다. 대아는 복구 프로그램을 검색해 다운받았다. 하지만 이것저것 시도해도 숨은 파일이 쉽게 찾아지지 않았다. 영상을 분석하는 알고리즘까지 개발한 내가 이딴 삭제 파일 하나 찾을 수 없다니. 대아는 갑갑함이 목 끝까지 차올랐다.

답은 분명 조동연이 알고 있다. 하지만 답을 쉽게 줄 리가 없다. 오히려 구차한 변명만 우쭐대며 늘어놓겠지. 지금까지 조동연에게 알리지 않고 혼자서 선희의 이야기를 찾고 있었던 건 그런 이유에서였다. 하지만 이번에는 조동연에게 직접 전화를 걸어 묻기로 했다. 분명 그만이 알고 있는 USB에 대한 진실이 있으리라. 그는 이미 선영을 통해 대아가 선희의 이야기를 쓰고 있다는 걸 알고 있을지도 모른다. 어차피 3년 전의 사건은 종결되었고, 대아가 더 이상 뭘 어쩌지 못할 것임을 조동연은 확신하고 있을 터였다.

— 이게 누구야? 잘나신 이대아 박사님 아니신가? 이제야 기억났나 보네. 그날은 영 날 기억 못 하는 것 같아 서운했지, 뭐야.

존대와 반말을 섞는 교만한 말투였다. 법원에서 만났

던 그날처럼, 조동연은 전부터 대아를 마치 잘 알고 있는 사람 대하듯 말했다. 대아는 곧바로 클라우드에 대해 물었다.

— 선희 계정? 벌써 삭제했죠. 자료는 모두 다운로드해서 처제한테 줬는데. 참, 처제가 재밌는 얘길 하더라고. 당신한테 뭘 의뢰했다고 하던데. 뭐, 필요한 거 있으면 언제든지 내가 적극적으로 도울 테니까….

역시 조동연은 선영이 내게 사진과 영상을 의뢰한 사실을 알고 있었다.

— 그럼 사진을 옮긴 USB는 어디서 난 건가요?
— 별걸 다 묻네. 사무실에서 직원이 쓰던 거요.
— 그렇군요.

대아가 시시하게 반응하자, 조동연이 물었다.

— 궁금한 게 고작 그런 겁니까?
— 내가 진짜 궁금한 건, 당신과 선희의 사이가 어땠는지, 그런 거죠.
— 꽤 무례한 말을 하네. 제주 한달살이 가고 싶다고 선희가 노래를 불러서 내가 휴가까지 내고 내려간 거 보

면 모르겠습니까? 왜, 숨은그림찾기가 잘 안돼요?

어디까지 알아냈는지 궁금하겠지. 그렇지만 대아는
아무것도 알려 줄 생각이 없었다.

— 처제가 마지막으로 꼭 당신한테 분석을 의뢰하고
싶다고 하더라고. 말리지 않았어요. 그래야 마음이 편
해진다면 그렇게라도 해야지. 물론 난 당신을 믿지 않지
만. 영상 분석가라는 게 사실 개인 사업자잖아. 돈만 주
면 뭐든 써 주는. 지금도 어차피 당신은 소설을 쓰고 있
을 게 뻔해서 말이야.

거칠어지는 숨소리와 빨라지는 말 속도, 뭉개지는 발
음. 수화기 너머의 조동연은 술에 취한 것 같다. 조동연
은 뭐든 알아내면 전화하라며, 비웃음을 섞어 말했다.
그는 선희의 죽음을 완벽히 관망하듯 말했다. 빈틈없다
고 생각하겠지. 이런 일에는 도가 튼 변호사니까. 대아
는 욱하고 치밀어 오르는 적개심을 꾹 누르며, 다시 연락
하겠노라 말하고 전화를 끊었다.

예상대로 그를 통해 사라진 파일을 찾기는 힘들 것
같다. 클라우드 계정을 삭제한 지 꽤 오래 지났다면 지
워진 파일을 찾을 길이 없다. 하지만 조동연에게 전화를

걸어 물어본 건 역시 소득이 있었다. 한 번도 파일을 읽은 적 없는 새 USB에 담은 파일을 유실했다면, 일반인도 쉽게 복원 프로그램을 다운받아 파일을 복구시킬 수 있다. 하지만 사용하던 USB는 몇 번이고 파일을 덮어쓰고 삭제하길 반복하기 때문에 일반인이 파일을 복구해 내기가 쉽지 않다. 그러니 그가 사용한 적 있는 USB를 준 거라면, 전문가를 찾아야 한다.

*

대아는 제주시에 있는 데이터 복구 업체를 검색해 찾았다. 지도를 보고 찾아온 데이터 복구 업체는 낡고 오래된 허름한 건물의 4층이었다. 1층에서 올려다본 창문에는 균열로 갈라진 시트지로 '데이터 복구'라고 쓰여 붙어 있었다. 어쩌면 저곳은 데이터 복구 센터가 아니라, 불법 데이터를 생성하는 곳일지도 모른다. 괜히 데이터를 복구하려다 원본까지 손실해 버리는 건 아닐까 불안했다. 그래도 제주 시내에 데이터 복구 업체라곤 그곳이 유일하기 때문에 다른 선택지는 없다. 직접 들어가 보고 결정하기로 했다.

데이터 복원 업체의 불투명 유리문을 밀고 들어갔다. 두 남자가 짜장면을 먹으며 손님이라곤 맞아 본 적 없는 얼굴로 돌아봤다. 역시 잘못 왔다는 생각이 번뜩 스쳤다. 지갑이라도 털리는 건 아니겠지? 대아는 복구 업체의 내부를 빠르게 살폈다. 디지털 포렌식 연구원 학위와 공인된 소프트웨어 기술 경력증이 벽면에 붙어 있고, 최신식 컴퓨터가 설치되어 있다. 좀 지저분하고 어수선하긴 하지만, 평범한 데이터 복구 사무실의 모습이었다. 서울의 데이터 복구 사무실도 가산이나 마포 외곽의 낡은 오피스텔을 주로 사무실로 쓰기 때문에 사정이 크게 다르진 않다. 원본 손실을 걱정할 정도로 영 엉터리는 아닐지 모른다. 그제야 불안한 마음을 조금쯤 거두고 남자들에게 USB를 내밀었다.

— 데이터 복구를 하고 싶은데요. 지금 될까요?
— 점심시간이라, 1시간 있다 오세요.

남자의 무성의한 말투에 대아는 작게 한숨을 쉬고, 지갑에서 현금 20만 원을 꺼내 짜장면 옆 테이블 위에 올리며 말했다.

— 다 먹으면 시작하죠.

평소의 대아라면 돈으로 흥정할 일은 없다. 하지만 시급이 시급인지라, 돈으로 흥정을 시도했다. 제주 시내에서 데이터 복구를 20만 원에 맡기는 일은 흔치 않을 테니까. 두 사람이 내일 짜장면에 탕수육 하나 정도는 기분 좋게 시킬 수 있는 보너스라면 열 일 제쳐 두고 이 USB를 먼저 복원시켜 줄 것이다. 남자들은 짜장면을 먹다 말고 서로 눈치를 봤다. 형으로 보이는 키 큰 남자가 대아에게 물었다.

— 급한 거예요? 맡기고 가시면 내일까지 해 드릴게요.

데이터 용량이 크지 않은 저장 매체는 복원하는 데 한 시간도 안 걸린다는 걸 알고 있다. 대아가 다시 지갑에서 10만 원을 꺼내 올리자, 남자들은 얼른 젓가락을 내려놓고 입에 문 짜장면을 닦았다.

— 2시간 안에 원하는 걸 찾으면 20만 원 더 드리겠습니다. 대신, 원본이 손상되면 20배 배상하는 걸로. 계약하시겠습니까?

남자 하나가 콜, 외치며 계약서를 들고 왔다. 잘 부탁한다고 말한 뒤, 사인한 계약서를 챙겨 유리문을 밀고 나갔다. 건너편 건물 카페에서 샷을 추가한 진한 커피를 주문했다. 자리에 앉은 대아는 눈을 감고 시계의 초침 소리에 귀를 기울였다.

얼마쯤 지났을까. 전화 올 때가 되었는데….

카페의 재즈 피아노 소리가 옅어지고 작은 초침 소리가 명쾌하게 들려오자, 테이블 위에 올려 둔 스마트폰에서 진동이 울렸다. 통화 수락 버튼을 밀어내는 대아의 손가락이 미세하게 떨렸다.

— 별거 없었어요. 뭐, 대단한 게 있을까 해서 우리도 최선을 다했는데….

보너스 20만 원을 날린 아쉬운 표정을 지으며 키 큰 남자가 말했다. 키 작은 남자가 책상 앞에 앉아 모니터를 대아를 향해 돌리고, 버려진 파일 찌꺼기들과 필요 없는 데이터 파일들을 보여 주며 말했다.

— 뭐, 중요한 일 같아서 별거 없어 보이는 것들까지 죄다 복원하긴 했습니다. 이런 파일들은 데이터 파일의 찌꺼기들입니다. 이런 문서들은 USB에 파일을 덮어씌우기 전 기존 파일들인데, 특별한 건 없어 보이고….

형사라도 된 듯 말하는 키 작은 남자의 브리핑을 듣는 둥 마는 둥 하며 버려진 파일들을 살펴보던 대아의 눈에 검은색 섬네일[13] 하나가 눈에 들어왔다.

— 이건 뭐죠?

— 아, 이거는 확인해 봤는데 아무것도 찍힌 게 없어요. 사진 파일 찾는다고 하지 않았어요? 이건 동영상이에요.

— 파일 정보 한번 봅시다.

파일명: de931@#!dAe.mpeg-4
크기: 1,460,696,860 바이트
생성일: 2021년 11월 18일

파일 이름이 깨져 있었지만, 생성일은 11월 18일이 확실했다. 동영상이라니, 왜 사진일 거라고 단정했지? 허탈해 코웃음이 났다. 앉아 있는 남자에게 자리를 좀 비켜 달라고 한 뒤, 대아는 모니터 앞에 앉았다. 영상은 2초짜리였다. 누가 봐도 실수로 찍힌 거라 볼 만한. 하지만 대아는 안다. 우연히 찍힌 영상이 중요한 증거가 될 수도 있다는 것을. 떨리는 마음으로 파일을 더블 클릭하자, 영상이 재생되었다.

검은 영상은 번쩍하면서 회전하더니, 순식간에 다시 검은 화면으로 돌아와 꺼졌다. 대아의 뒤에 서 있던 남

---

13　Thumbnail 큰 파일을 열지 않고도 내용을 알 수 있도록 '축소된 이미지'

자들은 "거봐요, 잘못 찍힌 거네. 역시 뭐 없죠?" 하며 자기들끼리 허탕을 친 듯 말했다. 대아는 미디어 플레이어에서 영상 속도를 최대한 느린 속도로 변경한 뒤, 다시 한번 재생했다. 느린 속도로 재생된 화면이 밝아지자, 대아는 영상을 정지했다. 정확한 건 인공 지능 객체 인식 프로그램을 돌려봐야 알겠지만 TV, 벽 따위가 찍힌 것 같다. 실내를 찍던 화면이 0.1초 동안에 왜곡되며 찌그러진 뒤, 검은 화면이 되면서 꺼졌다. 영상이 흔들리는 패턴이나 각도 등을 보면 촬영 중이던 스마트폰이 바닥에 떨어지고 있는 장면임이 틀림없었다.

조동연이 선희의 클라우드에서 다운로드받은 파일들을 수정 없이 그대로 USB에 담았다면, 그러니까 선희가 애초에 영상을 폰에서 삭제했다면 클라우드에서도 지워졌을 테고, USB를 복원해도 해당 파일을 찾을 수 없었을 거다. 조동연이 USB로 사진을 옮긴 뒤, 확인하는 과정에서 의도적으로 삭제한 것이 분명했다. 조동연은 영상을 왜 지웠을까? 무슨 이유에서? 이유를 찾으려면 영상을 파헤쳐야 한다. 영상 기록이 답을 줄 것이다.

*

    숙소로 돌아와 2초짜리 영상을 프레임 단위로 추출
했다. 총 60장의 프레임이 나왔다. 60장의 프레임을 한
화면에 나열하고, 하나씩 프레임을 살핀다. 검은 화면도
놓치지 않고 분석했지만, 대부분의 프레임은 아무것도
보이지 않는 검은 화면이었다. 검정 화면이 아닌 빛이 들
어온 프레임은 고작 4개의 프레임뿐이다. 그중 2개의 프
레임에 구조물이 보였다. 객체 인식 분석 결과, 구조물은
소파나 티비장 같은 가구로 분석되었다. 분명 집과 같은
실내 영상이다. 하나는 흐리게 찌그러져 화면의 반을 가
린 형상이었는데, 한눈에 봐도 선희의 얼굴이었다. 선희
가 핸드폰과 함께 지면으로 쓰러지면서, 셀프 카메라 모
드로 카메라 설정이 변경되어 찍힌 장면으로 예상했다.
그리고 마지막 남은 프레임은 스마트폰을 떨어트린 후
바닥에서 위로 촬영되었는데, 흐린 얼굴을 한 인물이 스
마트폰을 바라보고 있는 듯했다. 촬영된 얼굴이 흔들림
이 심해서 조동연이라고 단정 지을 수는 없지만, 그가
유력하다.
    대아는 눈을 감고 4개의 프레임을 이어 봤다. 선희는

핸드폰을 들고 무언가를 촬영하기 위해 스마트폰을 들었다. 그때 유형력[14]이 발생해 셀프 카메라로 촬영 버튼이 눌렀다. 스마트폰은 바닥에 떨어지는 충격으로 4개의 프레임을 남기고 녹화가 종료되었다.

대아는 할 수 있는 모든 기술을 총동원해 마지막 프레임에 드러난 흐린 얼굴을 선명하게 추적해 보기로 했다. 먼저, 흔들림 복원을 위한 디블러링[15] 알고리즘을 실행했다. 확대 보정을 한 뒤, 컬러 패턴을 증폭하며 흔들린 얼굴을 복원해 나가기 시작했다. 어느덧 작업이 마무리되어 가면서 낯익은 얼굴이 나타났지만, 더 확실한 결과를 위해 동일인 매칭 프로그램까지 돌렸다. 얼마 후, 결과가 나왔다.

아니나 다를까. 예상했던 얼굴이었다.

조동연. 역시 또 당신이구나.

---

14 '신체에 고통을 줄 수 있는 물리력의 작용'이나 통증의 강도와 상관없이 폭넓은 의미의 물리적인 마찰을 총칭한다.

15 Deblurring. 초점 밖의 배경 빛을 제거하는 알고리즘

여섯 번째 흔적

# 검은 그림자

비로소 흩어져 있던 퍼즐이 모두 제자리를 찾아가고 있다. 서서히 끝이 보인다. 이제 마지막 퍼즐 조각, 선희가 추락하는 블랙박스 영상을 분석할 차례다. 선희가 찍은 사진이나 영상을 볼 때면 선영의 말처럼 선희가 마치 살아 있는 것처럼 느껴졌다. 어딘가로 멀리 여행을 떠난 거라 생각하면서 이야기를 더듬어 왔지만, 이제는 받아들여야 할 때가 왔다. 선희의 죽음을 두 눈으로 똑똑히 봐야 할 때가.

대아는 하루에도 수십 번, 아니, 눈을 뜨고 눈을 감는 모든 시간이 죽음과 함께였다. 배에서 사람이 떨어져 죽고, 서로에게 짓눌려 죽고, 휘청이다 차에 치여 죽었다. 사람들은 살려 달라고 절규했다. 울부짖으며 살고 싶다고 했다. 체념하고 눈을 감는 사람도 있었다. 그동안 미안했다고, 사랑한다고 말하기도 했다. 대아는 누군가의 마지막 순간을 수백 번도 넘게 반복 재생하고, 화질을 개선해서 더 선명하게 죽도록 했다. 매일 죽음을 보는 사람이 죽음에 초연해질 수 있다는 편견은 크게 잘못되었다. 아무리 죽음을 곁에 두었다고 해도 대아는 살아 있는 사람이었다. 늘 두려웠고, 허망했다. 잠들기 전에 소주 한 병을 비우지 않으면 잠도 쉽게 들지 못했다. 이렇듯 누군가의 죽음을 보는 일은 힘들지만, 그들의 죽음에 조금의 거짓도 없도록 하는 일, 그것이 대아가 마땅히 할 일이었다.

눈을 감고 심호흡을 크게 한 뒤, 블랙박스 영상을 재생했다. 선희가 떨어지는 장면을 최대한 감정을 배제하고 보려고 시도했지만, 마음처럼 잘 되지는 않았다. 처음 한 번은 얼떨떨하게 보다가 휙 하고 선희가 떨어져 버렸고, 두 번째로 영상을 재생하자 가슴이 아르르 저며 와 영상을 끝까지 보지 못하고 눈을 감아 버렸다.

『 렌터카 블랙박스 원본, 촬영 날짜 - 2021년 11월 23일 』
선희와 조동연, 두 사람은 오전 11시쯤 숙소에서 나와 차에 올라탔다. 스포츠카로 서쪽 제주를 드라이브

겸 1시간쯤 달렸고, 작은 식당 앞에 차를 세우고 점심을 먹었다. 그 후 두 사람이 탄 차는 서래포구로 향했다. 서래포구는 대낮에도 인적이 드문 버려진 방파제다. 파도는 생명이 느껴지지 않은 바다를 견딜 수 없다는 듯 요란하게 벽에 부딪히고 부서졌다. 조동연의 차는 방파제의 초입에 멈춰 섰고, 금방 선희와 조동연이 내렸다. 선희가 그에게 뭐라 말하고 먼저 몸을 움직여 포구의 끝으로 걸었다. 조동연이 어느 순간부터 블랙박스에 잡히지 않았다. 선희는 혼자 방파제의 끝에 한참 바다를 바라보며 서 있다. 그러다 몸을 돌려 바다를 등지고, 뭐라고 말하는 듯 입을 벙긋하더니 눈 깜짝할 새 영상에서 사라졌다. 바람에 몸을 맡기는 것 같기도 하고, 파도에 잡아먹힌 것도 같다. 잠깐 비친 햇살에 눈살을 짧게 찌푸리더니, 속절없이 아래로 떨어져 버렸다. 대아는 뛰어가 선희의 손을 잡아 주고 싶지만, 이미 선희는 없다. 삼십 분 뒤, 조동연과 119가 도착했다.

*

한참 뒤, 영상을 다시 재생했다. 실족이냐 자살이냐

161

를 놓고 보험사와의 논쟁이 있었다는 게 믿어지지 않을
만큼, 실족이 확실한 영상이라는 생각과 동시에 기시감
이 들었다. 그동안 영상과 사진을 너무 많이 본 나머지,
뇌에 쌓인 정보가 모두 뒤섞여 버린 걸까.

　3년 전 겨울, 유난히 보험사 의뢰가 많았다. 분석해
야 할 블랙박스와 CCTV 영상도 수십 개에 달했다. 11월
의 어느 날에는 3층짜리 작은 빌딩 1층 상가에서 화재
가 났다. 임대인과 임차인은 평소 사이가 좋지 않았다.
상가 세입자는 사고라고 했고, 임대인은 임차인의 고의
라고 했다. 연기로 가려진 CCTV 영상에서 임차인이 라
이터를 켜는 장면과 발화점이 일치하는지 찾아야 했다.
12월 초에는 만취한 남자가 택시 기사에게 폭행을 당했
다고 주장했다. 택시 기사는 그런 적 없다며 펄펄 뛰었
다. 맞은편에 주차되어 있던 차량의 블랙박스를 분석해
서 답을 찾아냈다. 그리고 2021년 12월 말, 전남 7세 여
아 실종 사건이 터졌다. 사라진 여아를 찾느라 두 달간
꼬박 연구소에서 쪽잠을 자며 고생했다. 그리고 2022년
1월 말, 30대 여성의 실족사 의뢰가 두 건 있었던 게 생
각났다. 각각 방파제에서, 그리고 해안 도로 난간에서 실
족했다. 사망 종결 난 두 사건을 두고 실족인지 자살인

지를 확인해 달라는 보험사 의뢰였다. 사실을 확인해야겠다고 생각한 대아는 혜인에게 전화를 걸었다.

— 3년 전에 있었던 30대 여성 방파제 실족사 파일 좀 찾아봐 줘. 지금 보는 블랙박스 영상이 과거에 본 영상이랑 같은 건지, 아니면 비슷해서 내가 착각을 하는 건지….

얼마 지나지 않아 혜인에게서 전화가 걸려 왔다.

— 소장님이 3년 전에 분석한 파일과 같은 파일이 맞네요. 파일명도 동일하고, 무엇보다 영상이 제가 봐도 똑같아 보여요. 그때 소견서 쓰신 자료와 영상은 메일로 보냈어요.

대아는 메일을 급히 열었다. 그러곤 그대로 꼿꼿하게 언 채로 혜인에게 다시 연락하겠노라 말하고 전화를 끊었다. 소견서를 보자, 머릿속에 번개가 치는 것처럼 번쩍 섬광이 비쳤다. 불현듯 가려져 있던 기억이 선명하게 드러났다.

*

    3년 전, 30대 여성이 방파제에서 떨어졌다. 30대 여성이 누구와 있었고, 왜 버려진 방파제를 찾았는지 그런 정보는 없었다. 훤한 대낮인 데다 블랙박스 화질이 좋은 편이라 분석은 쉽게 끝났다. 영상 속 움직이는 사람의 팔다리가 어떻게 컨트롤되는지 확인하면 되었다. 자살하는 사람들의 동작 유형을 분석해 보면, 낙하지점에 도착해 잠시 두려워하다가 이내 결심한 듯 눈을 감는다. 한 발을 먼저 떼어 내고, 다음 발을 떼어 낸다. 준비된 상태로 떨어진 것처럼 보이거나 앞으로 걸어가며 자연스럽게 추락한다. 이때 두 팔은 두 발의 움직임에 크게 저항하지 않는다. 반면 화면 속 여자는 정상적인 자세로 서 있다가 순간적으로 몸이 기울어지자, 팔다리 모두 저항하며 뒤로 낙하했다. 아주 찰나지만, 무의식적으로 발버둥을 친 것이다. 지푸라기라도 있다면 잡으려는 듯이. 이 영상을 분석하는 데는 반나절도 걸리지 않았다. 통상적인 자살의 유형과는 다른 패턴이므로 실족의 가능성이 높다고 최종 소견을 썼었다.

    [ 영상 속 인물은 뒷걸음질 후 순간적으로 떨어짐이 화

질 개선으로 확인됨. 통상적인 자살(준비되어 앞으로 떨어짐, 앞으로 걸어가 낙하 등의 패턴)과는 다른 패턴을 보이고, 0.1~0.2초 짧게 팔을 움직이며 뒤로 낙하하는 패턴은 실족의 유형과 매우 일치함. ]

미친 듯이 요동치는 심장을 어쩌지 못한 채로 대아는 자신에게 분석 의뢰가 왔던 2022년 1월, 30대 여성의 영상을 재생했다.

허… 미친놈.

역시 선희였다. 웃을 상황이 아닌 걸 잘 알지만 웃음이 나와 버렸다. 그것도 소리 내서 크게. 대아도 스스로 왜 자신이 웃고 있는지 모르겠다고 생각했다. 죄책감에 미칠 것 같아서? 아니, 어쩌면 진짜 미친 건지도 모르고.

실족 감정 소견서까지 쓴 영상 속 인물이 선희라는 사실을 알고서 노트북을 덮어 버렸다. 선희는 이미 세상에 없는데, 도무지 선희를 볼 낯이 없었다. 3년도 더 지난 일이다. 게다가 제 손으로 실족이라고 쓴 상황에 더 이상 무슨 말을 더 할 수 있단 말인가. 머릿속은 더 복잡해졌다. 선영에게 전화를 걸었다.

— 사건 종결 보고서에 영상 분석 보고서는 왜 뺐죠? 내가 선희의 블랙박스 영상을 봤다는 얘길 왜 하지 않았

냐고!

— 말했으면요? 뭐가 달라졌을까요?

선영은 흥분한 대아와는 달리 차분하게 답했다. 이때쯤 대아에게서 전화가 걸려 올 것을 예상한 사람 같았다. 뭐가 달라지겠냐는 선영의 대답에 대아는 말문이 막혔다. 선영이 찾아온 그날, 선희의 영상을 분석한 게 나라는 걸 알았다면… 선희의 이야기를 들여다보려고 했을까? 그대로 선영을 돌려보내고 죄책감에 술이나 마셨을 테지…. 지레 겁을 먹거나 포기했을지도. 그런데 그러면 뭐가 달라질까? 오히려 그립고 괴로운 시간만 길어지지 않았을까? 지금은 최소한 선희가 숨겨 놓은 이야기를 조금씩 찾아가고 있다. 선희에게 미안해하고 고마워하며 한 걸음 멀어져 들여다볼 수 있으니까… 차라리 나은 건지 모른다.

대아가 아무 말도 하지 않고 있자, 선영이 말을 이었다.

— 3년 전 그때, 박사님이라면, 당신이라면 영상만 보고도 언니라는 걸 알아채지 않을까 일말의 기대를 했었어요. 그런데 역시 죽은 사람의 신상 같은 건 관심도 없더군요. 체념했어요, 그때는. 그런데 시간이 지나고 나니

까 어쩌면 언니라면 당신에게 이야기해 주길 바라고 있을 거 같아서, 그래서 다시 찾아온 거예요. 무례했다면 죄송합니다.

— 아닙니다. 내가, 내가 미안합니다. 너무 늦게 알아 버려서….

한동안 대아와 선영은 각자의 수화기를 붙잡고 조용히 눈물을 흘렸다. 얼마 후, 대아가 감정을 추스르고 선영에게 물었다.

— 조동연을 얼마나 믿나요?

선영은 조금 놀란 목소리로, 갑자기 무슨 말이냐 물었다.

— 조동연이 선희에게 있어 좋은 남편이 아니었을지도 모른다는… 그런 생각이 들어서요.

— 좋은 남편, 좋은 배우자…. 그런 건 너무 주관적이잖아요. 형부는 언니를 정말 사랑했어요. 그건 제가 보장해요. 형부는 언니가 떠나고 충격을 많이 받았어요. 그때부터 일도 힘들어했고, 건강도 돌보지 않아 피폐해졌어요. 당신에게 의뢰해서 언니의 마지막 이야기를 전하면, 형부가 조금이라도 나아질 거라고 생각했어요.

— 많이 믿었네요, 그 사람을.

— 혹시… 형부가 언니의 죽음에 관련이 있다고 생각하는 건가요?

선영은 떨리는 목소리로 조심스럽게 물었다.

— 모든 게 다 정리되면, 그때 다시 얘기해 줄게요. 거의 다 끝나 가니까.

선영에게 조동연에 대해서 확인되지 않은 말을 떠들어 봤자 뭐가 달라질까. 어차피 달라질 건 없다. 선영과 통화를 마친 후, 대아는 마음을 다잡고 한 번 더 블랙박스 영상을 재생했다.

감정을 최대한 배제하고 초연하자고, 가려진 진실만을 보자고 되뇌면서 키보드를 두드렸다. 프로그램을 통해 영상의 특정 구간을 확대하여 빛을 감지하고, 감지되는 모든 물체의 움직임을 추적했다. 영상은 일부 어두워지기도 하고, 확대되기도 하며, 알 수 없는 형상으로 변했다. 의미를 해석하기 힘든 숫자와 영문 알파벳들이 코드화되어 화면을 가득 채우고, 영상 속 형체는 수수깡 인형처럼 선이 되어 움직였다. 처음부터 끝까지 한 글자도 놓치지 않고 모조리 다 소화하려는 대아의 눈이 빛났다. 하지만 결과는 3년 전과 같았다. 3년 동안 기술이 많이 발전했음에도 다른 단서는 더 이상 찾을 수 없었다.

대아는 답답한 마음에 숙소를 나와 해안 도로로 무작정 차를 몰았다. 그때의 내가 완전히 맞다고 자신할 수 있는지 자신에게 끊임없이 되물으며 해안 도로를 따라 달렸다. 삼십 분쯤 달렸을까. 익숙한 해안가에 차를 세웠다. 열흘 전, 제주에 내려와 노을을 감상했던 곳이다. 그때 그 벤치에 앉아 먼 곳을 응시했다. 노을이 비쳐 화려하던 바다는 어디 가고, 무서우리만치 검은 물결만이 거칠게 너울대고 있었다. 앞으로 제주를 떠올리면 따뜻한 날씨나 흐드러지게 핀 유채꽃밭보다 매섭게 부는 바람과 선희를 집어삼킨 파괴적인 파도가 떠오르리라. 눈을 감자, 당연하게도 앞이 더 캄캄해졌다. 그때 감은 눈꺼풀 안으로 아주 잠깐, 빛이 다녀갔다. 눈을 떠 하늘을 봤다. 먹구름이 강한 바람에 떠밀려 빠르게 지나갔다. 먹구름들이 줄을 맞춰 저쪽 하늘로 지나가는 동안 걸음이 느린 먹구름이 잠깐의 틈을 만들었다. 그 틈으로 달빛이 새어 나와 먼바다의 표면이 잠깐 밝아졌다가 다시 어두워지길 반복하고 있었다. 대아는 불현듯 젊은이들이 위험한 곡예를 하며 대아의 시야를 가리던 순

간이 떠올랐다. 뜨겁게 지고 있던 해를 가려 길게 늘어
졌던 남자들의 그림자, 어둠, 앞을 가로막는 무언가, 순
간의 실수, 추락, 그리고 죽음까지…. 필름을 되감기 하
듯 빠르게 과거로, 3년 전 그날의 영상까지 복기했다. 블
랙박스 속 그날도 오늘처럼 흐렸다. 바람이 거셌고, 구름
이 아주 빠르게 흘렀다. 흐렸다가 밝아졌다가를 반복했
을 거다. 분명 그날도 아주 잠깐 구름 사이에 햇살이 빠
져나왔고, 선희가 얼굴을 찌푸리며 한 손으로 해를 가렸
었다. 그렇다면, 혹시….

*

대아는 서둘러 다시 숙소로 돌아와 책상 앞에 앉았
다. 한 번 더 블랙박스 영상을 다시 분석해 보기로 했다.
지금까지 한 작업은 분명 3년 전에도 똑같이 시도했던
방법이다. 같은 짓을 반복해 봤자, 같은 결과만 얻을 뿐
이다. 이번에는 다른 방법을 시도해 보기로 했다. 인물
이 아닌, 지면에 포커스를 잡았다. 선희가 서 있는 방파
제의 지면, 관리되지 않아 바닥 여기저기가 깨진 시멘트
지면을 처음부터 끝까지 디테일을 증폭하는 필터를 걸

어 프로그램을 실행했다. 지면에서 그림자의 형상을 분리하고 프레임 하나하나 모두 꼼꼼하게 분석했다. 이번이 마지막이라는 생각을 하며 바람, 해, 구름의 그림자까지 놓치지 않으려 애썼다.

영상은 여태껏 봐 왔던 화면이 아닌, 새로운 영상이 되어 재생되었다. 처음부터 끝까지 두어 번을 더 돌려 본 뒤, 대아는 잔뜩 힘을 준 몸의 긴장을 풀며 의자에 기댔었다. 팔다리까지 축 늘어트려 눈을 감았다. 비로소 끝났다는 생각이 들었다. 선희가 남긴 마지막 조각을 제자리에 맞춰 넣었다. 노트북을 덮는 대아의 축 처진 어깨가 미세하게 떨리기 시작했다. 저도 모르는 목 안 깊숙한 곳에서 터질 것 같은 울분이 뜨겁게 올라왔다. 의자에 머리를 기댄 채 눈을 감고, 제 몸을 어쩔 줄 몰라 답답함을 토해 내는 것 같은 소리를 내뱉었다. 의자의 헤드레스트에 뒤통수를 툭툭 부딪치며 가슴을 쥐어뜯었다.

암흑.

그때 대아의 시야가 암흑이 되었다. 다시 절망이다.

째깍, 째깍, 째깍….

팔목에 찬 시계의 초침 소리가 들린다. 이대로 눈이 보이지 않아도, 이대로 영영 두 눈을 잃어도 괜찮다. 그래도 싸다. 항상 짝퉁이라 욕하던 인간들처럼 나도 어쩌면 보고 싶은 것만 보는 편협한 인간이었으니까. 진정으로 피해자를 위하고 있다는 둥, 선희의 마지막 이야기를 전한다는 둥, 내가 그럴 자격이 있나. 대아는 눈을 감은 채로 자책하고 또 자책했다. 한동안 그는 그렇게 바닥에 주저앉아 계속 같은 말만 반복했다.

— 미안하다, 선희야. 미안해.

선배는 잘 지내고 있는 것 같네. 좋아하는 일을 하면서 말이야. 선배는 그런 사람이었지. 누굴 돕는 걸 좋아하는 사람. 부당한 일을 보면 잘 참지 못하는 사람. 힘이 없어 세상을 바꿀 수 없으면, 욕이라도 실컷 해 버리는 그런 사람이었잖아. 그래서 잘 지내는 것 같아. 좋아하는 일을 하니까 말이야.

요즘 잘 사는 것이 무엇인지에 대해 종종 생각해. 누구는 일에 치여서 죽겠다고 투덜거리면서도, 되레 한가해지면 불안함을 느끼잖아. 누구는 아이를 키우는 일이 인생에서 가장 힘들고 자신을 잃는 일이라고 우울해하면서도, 아이는 삶의 이유라고 하지. 1초의 망설임 없이 아이를 위해 목숨도 내놓을 수 있다고 하더라.

그런 말들을 들으면, 어쩌면 힘에 부치고 괴로운 게 지금 내가 잘 살고 있다는 반증일까?

인생은 '생'과 '사' 같은 정해진 답 이외의 것들은 자신이 만들어 가는 거 같아. 나도 내 삶을 내가 만들어 가며 살고 싶었어. 그런데 우린 많은 사람과 연결되어 있어, 실은 내가 어쩌지 못할 때가 더 많잖아. 그래도 조금 더 노력해야지. 힘들고 괴로워도, 지치고 고단해도 잘 살고 있는 거라고 생각하면서 말이야.

TV에 나온 선배를 보니 많이 지쳐 보이네. 아픈 사람, 다친 사람, 죽는 사람… 힘든 일을 자꾸 보다 보면 많이 지치겠지? 누굴 돕는 일은 참 쉽지 않은 것 같아. 그래도 힘내.

선배, 너 참 잘 살고 있으니까.

# 4

인천, 차이나타운이다. 새빨갛게 치장된 거리는 인파로 가득하다. 15년 전, 처음 차이나타운에 왔을 때만 해도 이렇게 붐비지 않았었는데 그동안 무슨 일이 있었던 건지. 들뜬 사람들 사이를 비집고 '가화만사성'으로 들어갔다. 열다섯 살 무렵, TV에서 우연히 차이나타운의 한 중국 요릿집을 소개하는 영상을 봤다. 빨간색과 금색으로 화려하게 꾸며진 건물만큼이나 그 이름도 인상적인 가화만사성이었다. 집에서 가장 멀리 가 본 곳이라곤 수학여행으로 갔던 경주가 유일했기에, 가까운 곳에 저런 이국적인 장소가 있다는 데 놀랐다. 그래서 어른이 되면 꼭 저기서 요리를 먹겠다고 다짐한 이래로 기념할 만한 날이면 항상 가화만사성을 찾았다. 대학원 졸업식 날 부모님을 모시고 왔던 곳도 이곳이었다. 동네에서도 먹을 수 있는 탕수육 따위를 먹으러 인천까지 가냐고 아버지는 핀잔을 줬지만, 가화만사성에서 탕수육을 먹으니 실제로 우리 가족이 더없이 화목한 것처럼 느껴졌고, 앞으로 좋은 일만 있을 것 같은 예감까지 들었다. 좋은 기억만 주었던 장소를 조동연으로 인해 훼손하고 싶지 않다는 마음도 들었지만, 아무래도 오늘은 오랫동안 잊지 말아야 할 중요한 날이 될 것 같아서 그를 이곳으로 불렀다.

조동연은 약속 시간에 맞춰 대아가 기다리고 있는 동백룸의 문을 열었다. 과시하기를 좋아하던 그답지 않게 칙칙한 안색에 쇠약한 행색이었다. 가벼운 눈인사도 없이 차갑게 대아의 앞에 앉았다. 대아는 마시고 있던 따뜻한 보이차 잔을 비우고, 그제야 고개를 들어 조동연에게 시선을 뒀다. 차가운 조동연의 눈빛만큼 그를 보는 대아의 눈빛도 이미 경멸로 가득 차 있었다. 팽팽한 긴장감이 두 사람이 앉은 테이블 위로 수맥처럼 흘렀다.

— 주문한 메뉴 나왔어여.

그때 종업원이 들어와 대아가 미리 주문한 요리 몇

가지를 테이블 위에 놓았다. 조동연은 종업원에게 반말로 맥주와 고량주를 주문했다.

조동연은 종업원이 내온 맥주에 고량주를 섞어 한 번에 마시고, 힘자랑하듯 맥주잔을 테이블 위에 내려놓았다. 대아는 맥주잔을 깨질 듯이 잡고 있는 그의 손을 보았다. 잘 정리되지 않은 손톱과 그 주위로 위태로운 거스러미가 난잡하게 일었다.

— 자, 이제 얘기해 보지. 바쁜 사람을 굳이 여기까지 부른 이유.

조동연이 말했다. 대아는 마시던 보이차를 내려놓고 고개를 들었다. 대아가 뱉은 첫마디는 조동연을 향한 선포에 가까웠다.

— 내가 지금부터 당신과 선희, 두 사람의 3년 전 이야길 해 볼까 해.

— 얼마나 대단한 소설을 써 왔길래 이렇게 분위기를 잡는지, 어디 한번 들어나 보자고.

대아는 숨을 고르고, 준비한 말을 시작했다.

— 11월 2일, 결혼 10주년을 기념해서 당신은 선희와

제주로 한달살이를 갔어. 한 달 동안 지낼 숙소를 선희가 예약했고, 렌터카는 당신이 골랐지. 선희는 당신이 고른 요란스러운 스포츠카가 영 내키질 않았나 봐. 렌터카 사무실에서 좀 다퉜다던데.

— 하, 뭘 안다고⋯.

대아는 김범수가 알려 준 렌터카 업체 직원과 만나서 들었던 말을 전했다. 조동연은 비웃음을 섞어 말했다.

— 부부 사이에 트러블은 언제든 있어. 지나고 나면 차 때문인지, 저녁 메뉴 때문인지, 하도 사소해서 뭐가 이유였는지조차 기억이 안 날 정도니까. 그런데 그런 게 선희가 죽은 거랑 무슨 상관이야?

— 상관이 있지. 그 일이 문제의 시작이었으니까. 렌터카 사무실뿐 아니라, 자주 들르던 카페에서도 당신은 선희를 함부로 대했고, 선희의 얼굴에 난 상처에 대해선 피부과 원장이 구타에 의한 외상인 것 같다고 소견을 냈어. 이래도 상관이 없을까?

— 이대아 박사, 지금 자기가 좀 오버하고 있다고 생각 안 하나? 사람들이 영웅 대접해 주니까, 네가 무슨 경찰이라도 된 것처럼 구는데⋯. 우리 두 사람이 무슨 말

을 했건, 그건 우리 부부의 사생활이야. 게다가 이거, 고인 모욕죄에 해당할 수 있어. 너 같은 개인 사업자 나부랭이가 관여하면 법적으로 제재를 받을 수 있단 뜻이야. 알아듣겠어?

　— 사생활? 가정 폭력은 그렇게 시작되지. 사생활이니까 쉬쉬하고, 남 일이라 치부하면서. 그런 식으로 얼마나 많은 사람들이 가족이란 울타리 안에서 죽고 다치는지, 당신도 잘 알지 않나?

　— 가정 폭력? 하고 싶은 얘기가 뭐야? 내가 선희를 죽이기라도 했단 말이야? 당신은 죽은 선희뿐 아니라, 나도 모욕하고 있어. 네가 아내 잃은 심정을 알기나 해?

　— 난 당신 심정 같은 거로 본질을 흐리고 싶지 않아. 선희가 어떤 심정이었는지만, 그것만 봤어. 증인이 많더라고. 머물렀던 숙소의 이웃들, 카페 사장, 병원 원장, 렌터카 업체 직원도 증인이야.

　— 이보세요. 나 변호사야. 당신이 더 잘 알겠지만, 3년이나 지난 일에 증인이랍시고 데려다 앉혀 놔 봤자, 횡설수설하다가 기억이 잘 안 난다고 하는 인간이 태반이야. 그걸 가정 폭력 증거라고 하는 건 억측이라고.

　대아도 알고 있다. 사람의 기억은 편집된다는걸. 기

억은 종종 실수한다는걸. 하지만 기록은 거짓말을 하지 않는다. 실수하지 않는다. 기록은 사실을 그대로 박제해 남길 뿐이다. 그 기록에 진술까지 더해지면 증거가 된다.

— 그럼 이제 증언이나 추측 말고, 팩트로 남은 증거를 볼까.

대아는 증거라는 단어에 힘을 주어 말했다. 지금까지는 조동연이 사실을 말할 수 있도록 판을 깔아 준 거나 다름없었다. 지금부터가 진짜 시작이다.

— 잠깐.

조동연은 주머니에서 스마트폰을 꺼내 테이블 위에 세우고, 동영상 촬영 버튼을 눌렀다.

— 그럼 어디 한번 계속해 보시지. 당신이 무고한 사람을 살인자로 매도하고, 거짓 망상으로 고인의 죽음을 모욕하고 있다는 거, 전부 세상에 퍼트릴 테니까. 이대아 씨, 동의하시죠?

대아는 오히려 잘됐다고 생각했다. 촬영에 동의한다고 짧게 답한 뒤, 노트북을 돌려 그를 향해 놓고, 모니터에 분석한 맥주 캔 사진을 띄웠다.

— 11월 9일 밤 9시, 조절리 공원. 선희와 같이 맥주를 마셨지?

— 오래돼서 날짜고 뭐고 기억은 잘 안 나지만, 그렇다면?

— 여기 맺힌 물방울. 이 물방울을 확대하면 선희 얼굴이 비쳐. AI 표정 분석으론 선희가 울고 있다고 결과가 나왔어. 선희가 아주 좋은 핸드폰을 쓰더라고. 여기까지 알아내는 데는 별로 어렵지도 않았어.

— 아주 셜록 홈즈 나셨네. 부부 싸움 좀 하고 여자가 울면 그게 무슨 살인의 동기라도 되는 것처럼 말하는군. 당신, 아주 무서운 사람이야.

대아는 다음으로 11월 22일, 선희가 향수 공방에서 찍은 사진을 내밀었다. 선희의 얼굴에 생긴 상처를 복원한 사진을 보여 주자, 조동연의 눈동자가 빠르게 흔들렸다.

— 그럼 이번엔 직접 증거. 사고 전날의 선희 얼굴입니다. 여기는 왜 이럽니까?

— 내가 대답해야 할 의무가 있나? 수사권도 없는 장사꾼 주제에 네 마음대로 소설 써서 사람 하나 엿 되게 만들려고 하나 본데, 그런 건 증거가 될 수 없어요. 내가

변호사직을 걸고, 네가 망상에 빠진 미친놈이라는 거 다 밝힐 거야. 방송이고 뭐고, 다 하차하고 나락 가게 해 줘?

― 그럼 다음 증거.

대아는 아랑곳하지 않고, 이어서 11월 20일 선희가 산책하는 영상을 재생했다.

― 선희는 11월 20일에 다리를 절고 있었어. 전날인 19일에는 피부과에 갔더군. 11월 18일 밤, 선희는 왼쪽 다리와 왼쪽 얼굴을 다쳤어. 선희는 의사에게 혼자 넘어진 거라고 말했지만, 의사는 그 상처가 아무래도 의심스러웠다고 하네? 걷는 것도 불편해 보였다고. 그 동네에선 외지인이 진료를 오는 게 흔하지도 않아서 의사 말로는 여러모로 이상했다더군. 신고해 줄까도 물어봤는데, 선희가 고개를 저었다고 하면서 말이야. 법정에 서야 한다면 증언도 해 주기로 했어. 3년이나 지난 일에 기억이 희미한 사람치고 진술에 허점이 없더라고. 흉터 사진을 보여 주니 대번에 기억하더군. 의사라서 그런가, 머리가 좋은가 봐.

― 소설을 아주 정성스럽게 써 왔네. 그 의사가 3년이나 지난 일을 어떻게 기억한다는 거야? 모함이면 어떻

게 책임질 거야!

더 이상 길게 끌 필요가 없어서 바로 본론을 말했다.

— 그럼 동영상은 왜 지웠습니까?

— 무슨 동영상을 말하는 거야?

— 선영에게 준 USB에 있는 동영상. 그날 당신이 선희를 밀치는 장면이 촬영된 영상.

— 미친… 지운 적 없어. 아니, 나는 그런 걸 본 적도 없어.

— 당신이 선희 클라우드에서 다운로드받은 사진과 영상 중 일부를 훼손했더군. USB를 복원했더니 나오더라고, 당신이 삭제한 그 영상이.

— 뭐, 복원?

조동연이 되물었다.

— 선영에게 USB를 전달하기 전, 혹시 모를 일에 대비해 파일을 전부 확인했을 거야. 그리고 그날의 영상을 지운 거지. 당신의 얼굴이 찍힌 증거 영상이니까.

— 그깟 뭣도 없는 2초짜리 영상 하나 지운 게 뭐!

조동연은 취해서 풀린 눈을 하고 소리를 빽 질렀다.

빠르게 통제력을 잃었다. 자의식이 지나치게 강한 사람과 상담을 해 보면, 사건의 요점에서 자꾸 벗어나 자신이 얼마나 정당한가에 대한 말만 늘어놓는다. 정당성을 주장하는 데 급급해 자신에게 불리한 사실까지 말하고 있는 줄은 모른다. 대아는 그런 허점을 노렸다. 동영상을 지웠냐고 물었을 뿐인데, 2초짜리 영상이라고 실토해 버린 것처럼 말이다. 그래도 이렇게 허술하다니, 허탈할 지경이었다. 게다가 선희가 사망한 그날이 아닌 이전의 사고들에 대해 묻는데, 선희의 실족을 강조하고 궁지에 몰리자 폭력성을 드러냈다. 이런 반응은 피해자 유가족에게서 나올 수 있는 일반적인 행동 패턴이 아니었다. 대아는 이렇게 빠르게 흥분하고, 자신의 감정을 낱낱이 드러내 버리는 조동연이 어떻게 그동안 정상적인 남편으로 비춰질 수 있었는지, 기가 막혔다. 가족의 일이니까, 부부 사이의 일은 둘만 아는 거니까, 한쪽이 저렇게 된 건 분명 한쪽에서 원인 제공을 했을 거라는 인식들. 가정이란 울타리가 얼마나 폐쇄적인지, 편견이란 철옹성에 가둬져 있는지 알 수 있었다.

— 그건, 걔가 혼자 넘어지다가 내가 찍힌 거야.

조동연은 상황이 원하는 대로 흘러가지 않자, 모든 걸 우연의 탓으로 돌리려는 듯했다.

— 그래, 그럴 수도 있지. 그래도 그 파일을 지운 건 조동연, 당신인 게 팩트야. 다시 한번 물을게. 11월 18일, 당신의 폭행으로 선희가 왼쪽으로 넘어져서 왼쪽 다리와 왼쪽 얼굴을 다친 거 아닙니까?

— 아니라고, 아니라고 몇 번을 말해! 이렇게 이야기를 잘 지어내면서 왜 영상 분석을 하고 있나? 소설가를 하시지.

— 그래, 백번 양보해서 내가 세운 이 모든 이야기가 가설에 불과하고, 소설이라 치자고. 그래서 당신에게 누명을 뒤집어씌우려고 한다면, 내가 왜 그럴 것 같아? 내가 뭘 얻으려고?

— 너 선희 좋아했잖아.

대아는 저도 모르게 코웃음이 나와 버렸다. 어처구니가 없었다. 이 인간, 정상이 아닌 줄은 알았지만 이 정도였단 말인가? 이 순간을 고대하며 치밀하게 준비해 온 지난날이 허탈할 지경이었다.

— 제주에 있는 동안… 선희랑 연락했지?

대아가 잠자코 있자, 조동연은 안달이 나서 대답을 채근했다.

— 대답해. 내 와이프랑 결혼 후에 만났어?

선희는 결혼을 하고 얼마 후, 거의 종적을 감추다시피 했다. 동아리 모임이나 다른 동기들의 결혼식에도 참석하지 않았다. 대아도 학위를 따고 법 영상 분석 일을 시작하며 정신없이 바빴기 때문에 선희의 부재를 크게 느끼지 못했다. 잘 사는 줄로만 알았다. 대아는 선희를 본 적도, 만난 적도 없다고 짧게 답했다. 사실을 말했는데도 조동연은 눈에 띄게 흥분했다.

— 거짓말 좀 그만해! 내가 모를 것 같아? 나 몰래 매일 연락했잖아!

조동연이 대아를 향해 맥주잔을 던졌다. 유리잔은 대아의 바로 뒷벽에 부딪혀 산산조각 났다. 종업원이 무슨 일이냐고 노크해서 물었다. 대아는 명함을 내밀며 다 배상할 테니, 죄송하지만 소란이 있더라도 모른 척해 달라 부탁하고 종업원을 돌려보냈다.

— 결혼하고 쭉… 친정에 간다고 하고 둘이 만난 거

다 알고 있어. 계속 거짓말로 날 속이고… 그날도 너 새끼 TV에 나온다고 신나서 보는데….

대아는 조동연이 부정망상에 걸렸다는 걸 단번에 알았다. 헛것을 보면서 자기 배우자를 의심하고, 부정을 저지르고 있다며 찾아오는 의뢰인을 자주 만났다. 부정망상은 조현병과 비슷한 정신병으로, 의처증, 의부증이라고도 부른다. 망상이 주된 증상이다. 조동연은 선희가 불륜을 저지르고 있다는 말도 안 되는 망상을 하면서 그동안 선희를 괴롭혀 왔던 거다. 선희의 가벼운 외출도 그의 눈에는 부정을 저지르기 위한 외도로 보였고, 부모나 친구와의 가벼운 연락도 외도로 매도했다. 보고, 듣고, 생각하고, 말하는 모든 게 악마가 만들어 낸 가짜 세상인지 모르고, 그는 악마에게 영혼을 잠식당해 병폐해져 있었다.

선희가 조동연의 말도 안 되는 의심 속에서 억울해하며 말라 갔을 것을 생각하니, 모든 게 마치 제 탓같이 느껴졌다. 내가 괜히 영상 분석가가 돼서, 괜히 매스컴을 타고 얼굴을 알려서, 그래서 선희가 죽은 것만 같다고…. 진작에 선희를 더 들여다볼걸. 3년 전 그때라도 빨리 알아차릴걸. 자책과 후회로 범벅된 감정을 어쩌지 못하고 괴로워하는 동안 조동연은 악마에게 영혼을 뺏긴 사람처럼 알아듣지 못하는 말들을 계속 쏟아 내고 있었다.

— 내가 아니야, 유선희! 너잖아, 네가 그랬잖아. 둘이 만났잖아, 웃었잖아! 내가 분명 봤어. 내가 분명….

이번엔 대아 쪽에서 오히려 부르르 몸을 떨며 물었다.

— 그런데 당신, 진짜 그 자리에 없었던 거 확실해?
— 커피를 사서 돌아와 보니 선희가 없었어. 다른 데로 갔나 싶어 찾아다녔는데…. 선희를 누가 데려간 거지? 어디로 간 거야?

조동연은 여전히 다른 생각에 빠져 있었다. 대아가 자리에서 일어나 조동연의 멱살을 잡고 흔들며 소리를 질렀다. 원망이 봇물 터지듯 터져 나왔다.

— 10년이야. 선희가 당신에게서 벗어날 생각도 하지 않고, 가정을 지키려 한 세월. 끝까지 당신을 지키려 노력했던 여자한테 무슨 짓을 저지른 건지, 끝까지 이렇게 추잡하게 모른 척할 거야?

조동연의 눈앞에 노트북 화면을 밀어 선희의 마지막 모습이 담긴 블랙박스 영상을 재생했다.

— 똑바로 보라고! 당신이 무슨 짓을 저질렀는지!

재생된 영상은 그간 알고 있던 블랙박스 영상과 많이 달랐다.

영상 속 선희와 조동연이 차에서 내린다. 그리고 조동연이 블랙박스 앵글 밖으로 걸어 나갔다. 화면 속 제주는 흐렸고, 바람이 강하게 부는지 구름이 빠르게 흘러갔다. 볕이 구름과 구름 사이를 찰나 비집고 들어왔다. 그때 지면의 오른쪽 가장자리에 검은 그림자가 생겼다가 이내 사라졌다.

— 이 그림자 보이지? 선희 앞에 있는 그림자.

조동연은 술잔을 든 오른손을 티 나게 떨며 입에 가져갔다.

선희가 서 있던 방파제의 주변에는 아무것도 없었다. 그림자는 분명 움직이는 사람의 그림자였다. 대아는 영상을 다시 느리게 재생하면서 선희가 추락하는 순간을 보며 힘겹게 말했다.

— 잘 봐. 선희는 그림자를 보고 있어. 화질을 개선했더니 선희가 그림자를 향해 뭐라고 말하는 모습도 보였고, 그리고 짧게 몸부림을 치다가 방파제 아래로 추

락….

불안한 조동연의 두 눈은 금방이라도 터져 버릴 듯 시뻘겋게 충혈되고 있었다.

— 당신은 커피를 사러 간 적이 없고, 블랙박스에 찍히지 않는 거리에서 선희를 보고 서 있었던 거야. 선희한테 도대체 뭐라고 한 거야! 뭐라고 했길래 선희가….

대아는 그렇게 말하면서 울고 있었다. 선희의 이야기를 써 내려가는 동안 억눌렀던 분노가 넘쳐흘렀다. 뭐라고 했길래 선희가 제 삶에 뿌리를 단단히 박지 못하고, 바람이 자신을 데려가 주기를 바란 새처럼 날아가 버렸느냐고. 왜 선희가 그 차가운 바닷속에서 혼자 표류하도록 그냥 뒀느냐고. 사랑했던 사람에게서 어떤 말을 들었길래 저렇게 허탈한 얼굴을 하고 떨어져 버렸느냐고 묻고 싶었는데, 쏟아지는 원망이 범람한 슬픔에 잠겨 사라졌다.

조동연은 믿기지 않는다는 얼굴로 말했다.

— 저, 저게 왜, 아니, 저 그림자를 보고 어떻게 나라고 단정할 수 있어? 동물이거나 렌즈에 낀 먼지거나 그냥 구름의 그림자일 수도 있는 건데!

조동연은 변호사답게 순발력을 발휘해 여러 가지 핑계를 만들어 댔다. 하지만 소용없다. 스모킹 건이 될 마지막 증거 파일을 연다. 더 이상 변명이 통하지 않는, 저 더러운 입을 다물게 할 증거를.

*

올해 2월, 한국 대학교 인공 지능 언어개발과의 하종현 교수가 국내 최초로 음성 없이 입 모양만을 분석해 발화 내용을 인식하는 기술을 개발했다. 하종현 교수는 대아가 법 영상을 공부할 때 AI 기술에 대해 조언을 많이 해 줬고, 법 영상 분석가로 자리를 잡은 후에도 서로의 기술 개발에 대해 자문해 주는 신의가 두터운 사이다. 대아는 제주에서 올라오자마자 하종현 교수를 찾아갔다. 그의 연구실에서 블랙박스 영상을 재생하며 물었다.

— 이 정도 영상도 입 모양 분석이 가능할까요?

영상 분석가라고 해서 입 모양만으로 무슨 말을 하는지 알아내기는 힘들다. 아직 대아가 개발한 기술로 정확한 말의 내용까지 분석하는 데에는 한계가 있었다.

— 자네가 화질 개선도 다 해 놔서, 이거 안 된다고 하면 우리 팀 일 못 한다고 소문낼까 무서워서라도 해내야 하는 거 아니야?

하 교수는 데이터 분석이 되는 대로 메일을 보내 주기로 했다. 오랜만에 만났는데 소주도 한 잔 안 하고 가냐며 서운해했지만, 영 웃으며 마실 기분이 나질 않아서 다음을 기약하고 교수실을 나왔다. 곧장 사무실로 갔다. 혜인이 없는 사무실은 오랜만이었다. 대아는 연구소 제 방으로 들어가 의자에 앉아 눈을 감았다. 얼마 지나지 않아 하종현 교수에게서 메시지가 도착했다.

[ 이번에도 억울한 사람 하나 살리는 거냐? 메일 보냈으니 확인해라. ]

대아는 떨리는 마음을 겨우 진정시키며 메일함을 열었다.

《 판독 결과서 》

**여보, 나 좀 잡아 줘.**

확률: 91% / 신뢰도: 99.3625783%

*

결정적인 증거를 보고 난 조동연은 전의를 상실했는지, 아니면 그냥 술에 취해 버린 건지 눈동자의 초점이 사라져 있었다. 두 눈의 흰자는 충혈되고, 검은자가 이상하리만치 확장되어 있었다. 녹화가 되고 있다는 사실조차 잊은 듯했다. 그는 몸에 힘을 쭉 뺀 채로 말했다.

― 그날, 내가 마지막 기회를 줬어. 둘 사이를 인정하면 용서해 준다고. 모든 걸 인정하면 다시 시작할 수 있을 것 같았거든. 그런데 끝까지 아니라고 발뺌하더군. 하, 더러운 년.

대아는 그 말에 참지 못하고 조동연의 멱살을 꽉 쥐었다. 주먹을 쥔 손이 분노로 떨렸다. 조동연은 목이 조인 채로 기침을 섞어 가며 힘겹게 말했다.

― 죽어 버리라고 했어. 컥. 그냥 죽어 버리라고…. 컥. 널 죽였어야 되는데… 선희가 죽어야 이 악몽이 끝나지 않겠어? 그러니까 확 죽어 버리라고 했어. 컥. 진짜로 그렇게 죽어 버릴 줄은 몰랐지만….

― 미친 새끼.

대아는 분노를 겨우 꾹 밀어 삼켜 목소리가 가라앉았다. 조동연을 한 대 쳐 버리고 싶은 마음이 굴뚝같았지만, 그랬다간 진짜로 그를 죽여 버릴 것 같아 겨우 감정을 억눌러 조동연의 멱살을 던지듯 놓았다. 조동연은 깨진 맥주잔이 형태 없이 흐트러진 바닥 위로 철퍼덕 힘없이 고꾸라졌다. 작은 유리 파편들이 그의 손바닥을 뚫고 상처를 냈다. 시뻘건 피가 바닥의 카펫을 적셨다.

— 그래? 네가 보기에도 내가 미친 것 같아? 선희도 항상 내가 미쳤다고 하던데. 역시 너희 둘, 뭔가 있어. 내가 밀었어? 죽으라고 말한다고 진짜 죽으면 그게 정상이야? 내가 미친 게 아니라, 선희가 남자에 미친 거였다고. 그러니까 병원까지 다녔지. 기록 못 봤어? 그년은 정신병자야! 남자에 미친년이라고!

— 선희가 우울증을 앓은 건 사실이야. 하지만 진실은 아니지. 선희는 제주에 내려가기 전, 마지막으로 병원에 들러 그동안 처방받은 약을 모아 와서 폐기해 달라고 했다더군. 자신은 상담만을 원한 거라고. 의사는 신고라도 해서 상황을 바로잡길 바랐지만, 선희가 바라던 건 신고가 아니었나 봐.

대아가 선희가 다녔던 병원을 찾았을 때, 주치의는 이런 말을 전했다.

— 언젠가 자신을 찾으러 오는 사람이 있으면 이 말을 전해 달라고 했어요. 유선희 씨는 잘 살고 싶고, 삶을 포기할 생각이 없다고 말이에요.

주치의는 의지가 강한 환자였다고 선희를 기억했다. 하지만 경찰은 선희가 정신과에서 약을 처방받고 있었다는 사실만 확인했고, 왜 상담을 받고 있었는지에 대해서는 섬세하게 수사가 이루어지지 않았다.

— 제 손으로 죽이지 않는다고 그게 살인이 아니라고 생각해? 당신이 선희를 죽인 거야. 십 년을 괴롭히고 피를 말려 한 사람의 인생을, 미래를 짓밟았어. 앞으로 수십 년을 더… 아름다운 걸 보고 행복해하고, 충분히 빛날 시간을, 웃을 수 있는 기회를 박탈했다고, 네가. 당신이 무슨 자격으로….

— 나는… 선희를 정말 사랑했어….

조동연은 피범벅이 된 양손으로 얼굴을 감싸고 흐느끼며 말했다.

*

선희가 이상하다고 느낀 건 결혼하고 얼마 지나지 않았을 때부터였어. 그때 난 잘나갔지. 2016년, 연예인 김필승의 대마초 사건을 수사했어. 김필승은 지가 공사당했다고 억울하다는데, 뻔했어. 약쟁이의 최후였지. 그런데 김필승, 그 미친 새끼가 손목을 그어 버렸네? 죽을 용기도 없는 새끼가 여론몰이하려고 쇼한 거지. 무리하게 강압 수사를 했다고 여론이 들끓었고, 나는 한순간에 국민 쓰레기가 됐어. 다 커버 쳐 줄 것 같던 선배들도 하루아침에 등을 돌리더라고. 하나같이 비열한 새끼들이지. 그런 와중에 네가 TV에 나왔어. 제 친한 오빠라며 웃는 거야. 눈이 뒤집히더라고. 선희가 그렇게 웃는 걸 오랜만에 봤거든. 그 후로 네 영상을 시도 때도 없이 찾아보고 흐뭇해하는 모습이 점점 짜증 나기 시작했어. 참다못해 선희에게 네 영상을 보지 말라고 했지만, 그냥 아는 선배라며 오해하지 말라더군. 아는 선배? 웃기지 말라고 해. 난 점점 너희 둘을 의심하기 시작했어. 한번은 TV를 밀어 깨트린 적도 있었지. 그때부터였나? 설마에서 혹시 그럴지도 모른다고 된 게.

선희가 언제부턴가 나와 함께 있을 때도 슬슬 내 눈치를 살피고, 나 몰래 메신저로 연락을 한다는 걸 알았지. 이건 백 프로 외도거든. 내가 그런 여편네들 한둘 본 줄 알아? 사람을 무시해도 유분수지. 남편이 검사직에서 잘리게 생겼으니, 잘나가는 놈으로 갈아타려는 거잖아. 증거를 잡아야 했지. 확실한 증거를 잡아야 빈손으로 쫓아낼 수 있으니까. 집 안에 CCTV를 설치하고, 스마트폰을 검사하기 시작했어. 아, 물론 선희도 알고 있었어. 동의가 없으면 증거로 쓸 수 없거든. 처음에는 싫다고 발악하더니 몇 번 겁을 주니까 그러라고 하더라고. 그렇게 한 달, 두 달… 틈만 나면 CCTV를 봤지. 퇴근하자마자 폰을 압수해서 잠들 때까지 내가 관리했어. 그런데 아무래도 남자랑 연락한 건 내가 오기 전에 삭제하는 거 같더라고. 사설 업체에 맡겨서 포렌식으로 복원해보기도 했는데, 어찌나 철저하던지. 싹싹 다 지웠더라고. 씨발…. 끝까지 아니라고 하길래 좀 때렸어. 원래 사람은 코너에 몰려야 민낯을 드러내거든. 그렇게 나쁜 놈들한테 자백 많이 받아 봐서 내가 알아. 근데 있잖아, 하루는 선희가 펑펑 울면서 너랑 끝낼 테니 다시 시작하자고 싹싹 빌데? 드디어 인정한 거지. 나도 선희랑 헤어질 생각을 하니까 좀 아깝더라고. 우리도 나름 그 일이 있기 전엔 꽤 괜찮은 부부였거든. 그래서 결혼 10주년 기념으로 제주에 간 거야. 선희 말대로 다시 시작하려고. 그런데 용서가 안 되더라, 용서가. 그동안 나를 속이고, 다른 남자를 마음에 품고 지내 왔다는 생각을 하면 피가 거꾸로 솟아서 진짜 죽여 버리고 싶더라고. 선희 죽이고, 나도 그냥 죽을까. 어차피 국민 쓰레기가 된 마당에 변호사로 어찌저찌 먹고는 살지만 자존심도 상하고, 씨발. 이렇게 된 게 다 선희 때문인데, 같이 그냥 확 죽어 버리자. 그냥 그랬던 거야. 죽이려고 한 건 아니고, 진짜 내가 죽인 것도 아니야. 그런 말을 하는데, 갑자기 그냥 획, 선희가 떠나 버렸어. 해방감이 들었어. 이제 나도 좀 편하게 살 수 있는 건가… 뭐, 그런 생각이 들더라고. 근데 있잖아…. 선희가 그렇게 가 버리고 나니까… 보고 싶어 죽겠어. 너무너무 사랑했어. 너만 아니었으면. 너만 아니었으면 우린 괜찮았을 건데…. 네가 다 망쳤어.

조동연은 지난 일을 손에 잡힐 듯 선명하게 그려 내며 말했다. 그는 이미 망상에 잠식된 상태였다. 조동연은 알고 있었다고 했다. 대아가 자신을 찾아올 거란걸. 선희가 죽은 뒤, 술래잡기를 하는 것처럼 살았다. 늘 뒤를 돌아보며 초조해했다. 내일이면 찾아올까, 다음 달이면 찾아올까 하고. 문득문득 대아가 꿈에 나타나기도 하고, 재판마다 자신을 따라다니며 훼방을 놓는다는 망상을 하기도 했다. TV에서 인터뷰를 하는 대아가 자신에게 말을 걸어와 미칠 것만 같았다.

'조금만 더 기다려. 더 피 말리며 살아. 널 바짝 말려, 더 바닥으로 추락하면 그때 갈 테니까.'

대아의 목소리가 악마의 목소리로 둔갑해 조동연의 귓가에 맴돌았다. 그럴 때마다 그는 술을 마셨다. 조동연은 선희를 향한 그리움과 분노에 몸서리를 치며 서서히 망가져 갔다.

*

― 이렇게 된 건 다 네 탓이야!

조동연은 제 분을 참지 못하고 우악스럽게 소리를 질렀다. 인간이 추락하면 얼마나 추해질 수 있는지를 보는 듯했다. 체면 따윈 조금도 찾아볼 수 없었다. 인간의 존엄성마저 의심스러워지는 순간이었다.

조동연이 유리 조각을 손에 쥐고 대아에게 달려들었

다. 대아는 빠르게 반대쪽으로 몸을 돌렸다. 볼이 따끔했다. 살짝 긁힌 모양이다. 조동연은 많이 취한 탓에 제 의지대로 몸을 잘 가누지 못했다. 어기적대며 회전하다 의자와 뒤엉켜 넘어지기까지 했다. 그렇게 몇 번을 넘어지고 구르더니 다리에 힘이 풀렸는지 다시 풀썩 주저앉았다. 그는 유리 조각을 들고 달려들 때부터 뭐라고 계속 중얼거렸는데, 죽이고 싶다고 하는지, 죽고 싶다고 하는지 발음이 뭉개져 잘 들리지는 않았다. 조동연은 한참을 꺽꺽 소리 내 울었다. 유리 조각을 쥔 손에서 피가 많이 났다. 완전히 무너진 조동연을 보자, 그도 참 불쌍한 인간이라는 연민이 들었다. 하지만 이내 그런 생각을 하는 저 자신이 싫어졌다. 대아는 다시 마음을 강하게 먹으며 말했다.

— 당신은 끝까지 다 남 탓만 하는군. 내 앞에서 악어의 눈물을 흘리며 괴로워해도 소용없어. 선희는 이미 죽고 없으니까.

조동연은 더 이상 아무 말도 하지 않았다. 두 사람 사이에 감돌던 팽팽한 긴장감이 사라지고, 감정 소강상태가 찾아왔다. 말없이 허탈한 눈으로 다 식은 음식을 멍하니 바라보던 대아가 말했다.

— 그 오름, 그건 왜 그런 겁니까?

조동연이 풀린 눈으로, "무슨 오름?" 하고 되물었다.

— 별새오름. 왜 금새오름이라고 올렸냐고.
— 지독한 놈. 역시 찾아봤네.

장소를 바꿔 올린 건 역시 예상했던 대로 그의 의도였다. 대아가 자신을 찾으러 오는 길에 덫을 놓으려 했다. 시간을 유예하기 위해서.

— 선희랑 같이 오름으로 산책을 갔어. TV를 깨트린 그날 이야기를 꺼냈지. 처음부터 다시 시작하려면 그날부터 시작해야 하니까. 난 분명히 들었어. 선배를 오랜만에 보니까 반가웠다고. 뭐, 오랜만? 하, 또 거짓말이네⋯. 그래도 난 웃어넘겼어. 근데 생각하면 생각할수록 열이 받잖아? 네 얘기가 나왔던 곳을 기억하기 싫어서 이름을 바꿨지. 네 기억을 지우려고. 그리고 혹시라도 네가 그걸 본다면⋯. 그리고 만약에라도 선희와 네가 끝내지 않고 내통하고 있다면, 네가 찾아온다면, 어떻게든 널 괴롭히고 싶다고 생각했어. 어때, 내 이벤트가 마음에 들었나?

대아는 조동연의 말을 다 들은 후, 시간이 다 되었다는 듯 일어나 말했다.

— 덕분에 정신이 번쩍 들었어. 이제 갈 시간이네.

조동연이 대아를 올려다봤다. 대아가 다시 말했다.

— 자살 방조, 보험사기방지 특별법 위반으로 신고했어. 당신이 평생 속죄하며 산다 한들 그 죄가 씻어질지는 모르겠지만, 죗값은 꼭 제대로 받아.

대아는 조동연의 스마트폰을 들어 녹화를 종료하고, 동영상 파일을 그대로 선영에게 전송했다. 밖에선 경찰차 사이렌 소리가 들려왔다.

— 왜…. 왜 이렇게까지 하는 건데. 네가 진짜 선희랑 아무 사이도 아니라면, 왜 이렇게까지 하는 거냐고.

조동연이 물었다.

— 글쎄, 그냥 나는 좀… 살고 싶었나 봐.

대아는 혼잣말을 하듯 답하고, 가화만사성을 나갔다.

다 긍정해야만 마음이 편했다.

아무것도 할 수 있는 게 없었기 때문에

그렇게 해야 내가 살 수 있었다.

그리고 나는 포기할 수 없었다.

내가 온 힘을 다해 사랑한 그를

나를 사랑하다 병이 들어 버린 그를

결코 포기할 수 없었어요.

## 5

— 이 손바닥만 한 마트에 도둑고양이가 있는지, 밖에 내놓은 참치 캔이 감쪽같이 사라졌어!

연구소 앞 만물 마트 사장님이 소리를 치며 분통을 터트렸다. 종종 연구소에 필요한 물건을 사러 들르던 대아로선 모르는 체할 수 없어 사장님의 푸념을 들어 주고 서 있었다. 대아가 마트의 입구에 버젓이 설치된 CCTV를 보며 물었다.

— CCTV, 저거 가짜예요?
— 아니야, 저거 진짜야!
— 그럼 CCTV 보시면 바로 범인 잡을 수 있잖아요.
— 아이고, CCTV가 있으면 뭐 해. 워낙 쪼끄맣게 나

와서 이 노인네 눈엔 뵈지도 않아! 참치 캔만 없어진 게 아니고 사과, 귤, 뭐, 암튼 내놓는 족족 한 개씩 야금야금 없어진다니까? TV에서 CCTV 분석인가 뭔가 한다면서, 범인 좀 잡아줘 봐. 그럼 내가 이 커피믹스 평생 무료로 줄게, 응?

— 평생 무료요?

커피믹스 평생 무료란 말에 구미가 당겼다.

— 혹시 없어진 날 파일 갖고 계세요?

— 아이, 그럼! 우리 딸 시켜서 참치 캔 없어진 날 파일은 다 컴퓨터에 저장해 놨지! 영화 같은 거 보면 CCTV도 며칠 지나면 없어지고 그런다더라고?

— 잘하셨어요. 그럼 제가 좀 볼까요?

점주를 따라 가게로 들어가려는데, 혜인이 티 나게 한숨을 쉬며 옷자락을 잡아당겼다.

— 지난주엔 핸드폰 가게에 여배우 입간판 도둑을 찾아 주더니, 이번엔 참치 캔이에요? 자꾸 공짜로 의뢰를 받으면 어떻게 해요! 자원봉사 하는 사람이라고 소문이라도 나면 어떡하려구!

— 커피가 평생 공짜라잖아! 이번이 진짜 마지막,

진짜! 맹세!

대아의 너스레에 혜인은 할 말을 잃고 서 있었다. CCTV에 떡하니 범인 얼굴도 다 찍혔을 텐데, 그거 잠깐 봐 주는 건 일도 아니지 않느냐고 혜인을 가까스로 달래, 혜인과 점주를 따라 작은 창고로 들어갔다. 대아는 CCTV가 있는 책상에 노트북을 펼치고 앉았다. 점주와 혜인, 그리고 대아까지 세 사람은 각자 다른 이유로 CCTV를 노려봤다.

훤한 대낮, 세일 품목을 잔뜩 늘어놓은 대로변의 마트. 참치 캔이 없어지던 그날은 물건이 많이 들어와 사장님이 물건 정리로 바쁘게 움직였다. 점주가 참치 캔을 문밖 진열대에 쌓다가 계산을 하러 마트 안으로 들어갔다. 매대가 비자, 손님 여럿이 매대 앞으로 모여들었다. 행인들도 많아 용의자를 특정하기가 까다로운 영상이다. 참치 캔 도둑이 이 중 누구일까 궁금한 점주와 혜인은 거북이처럼 고개를 쭉 빼고, 모니터를 뚫어져라 쳐다봤다.

세일하는 참치 캔을 살까 말까 망설이며 물건을 들었다 놨다 하는 청년, 살 것도 없으면서 심심한지 괜히 주변만 어슬렁거리는 노인, 매대에 있는 과자를 사 달라고 엄마에게 칭얼거리며 조르는 어린아이, 세쌍둥이처럼 서로 팔을 걸어 합체한 세 명의 여중생…. 특별한 점은 없어 보이는 사람 여럿이 왔다 갔다 하면서 매대 위 참치 캔과 과일들을 집어 갔다. 그리고 얼마 지나지 않아 찰나의 순간, 남은 참치 캔이 매대 위에서 감쪽같이 사라졌다.

혜인은 손으로 눈을 비비고, 점주는 "노안이 왔나…" 중얼거리며 마른 눈을 끔뻑였다. 대아도 의아하긴 마찬가지였다. 영상을 프레임 단위로 돌려 보아도 참치 캔은 몇 프레임 만에 사라졌다. 현장에는 사람도, 고양이도 없었다. 누가 숨어서 빼냈나? 아니면 낚싯줄로? 매대에 올려져 있던 참치 캔이 단 몇 프레임 만에 순식간에 사라질 확률이 얼마나 될까.

화질 개선이나 영상 분석 프로그램을 사용할 것도 없이 속도만 좀 늦춰서 범인을 특정해 주면 될 줄 알았던 일이 생각보다 쉽지 않겠다는 촉이 온 혜인은 대충 넘어갈 심산으로 점주에게 장난치듯 말했다.

— 귀신 아니에요? 귀신이네, 이거!

대아는 대꾸도 하지 않은 채 모니터를 뚫어져라 쳐다보고 있고, 점주가 혜인의 말에 귀신이 곡할 노릇이라며 맞장구를 쳤다. 옳다구나! 혜인은 점주를 구슬리기 시작했다.

— 이런 건 무당에게 가져가는 게 더 빠르지 않겠어요, 사장님?

— 무당? 그럴까? 내가 아는 선녀님이 있는데, 집 나간 남편을 잘도 찾아 준다더라고.

— 어머, 사장님, 거기가 어디예요? 혹시 제 남편도 찾아 주실 수 있을까요?

— 남편? 남편이 집을 나갔어?

— 아니요, 저 아직 미혼인데요. 내년에는 꼭 결혼하고 싶거든요. 선녀님이 제 남편을 찾아 주실 수 있지 않을까요?

혜인과 점주의 얼토당토않은 대화가 이어지는 동안 대아는 모니터에 포스트잇을 가득 붙였다. 그리고 혼자 피식거리며 웃더니 뒤를 돌아 혜인과 점주에게 말했다.

— 확실히 귀신은 아니에요.

— 찾았어요, 도둑?

혜인과 점주가 입을 모아 물었다. 대아는 그런 두 사람이 귀여워서 뜸을 들이며 놀렸다.

— 무당한테 줄 복비 아끼셨으니, 커피믹스 제일 비싼 걸로 주세요.

— 아이, 그럼! 골드로 준다고, 골드!

점주의 확답을 받고 대아는 두 사람에게 따라오라고 말한 뒤, 앞서 창고를 나왔다.

세 사람은 매대 앞에 나란히 섰다.

— 사장님, 이 진열대 좀 이상해 보이지 않아요?

— 아니, 진열대가 다 똑같지. 뭐가 이상해?

— 진열대 언제 설치했어요? 새것 같은데.

— 이거 한 달 전에 새로 맞췄지. 예전 거는 낡고 선반이 다 찌그러져서 말이야.

— 아무래도 진열대는 또 새로 하셔야겠어요.

혜인에게 사과를 하나 가져오라고 했다. 진열대 위에 빨간 사과를 올리자, 사과는 귀신이라도 썬 듯 혼자 흔들흔들하더니 데굴데굴 굴러떨어져 버렸다.

— 뭐야, 이거 왜 이래?

당황하며 매대를 살피는 점주에게 사과가 굴러떨어지다 걸린 조막만 한 틈을 가리키며 말했다.

— 여기 보물 창고가 있는 것 같은데, 같이 좀 들어
볼까요?

대아와 점주, 혜인까지 셋이서 끙끙거리며 진열대를
앞으로 조금 당겨 옮겼다. 진열대가 치워진 바닥에는 찌
그러진 참치 캔뿐 아니라, 각종 작은 과일들이 물러 터
져 널브러져 있었다.

— 아니, 왜 이게 여기 있어?
— 어때요, 제가 무당보다 낫죠?
— 그래! 무당보다 낫다!

점주가 대아를 연신 칭찬하자, 대아도 입꼬리를 씰룩
하며 기분 좋은 표정을 지었다.

대아와 혜인은 점주에게서 받은 참치 캔과 커피믹스
골드를 한 아름 안고 주차장으로 걸었다.

— 어떻게 알았어요? 진열대 기울어진 거?

혜인이 물었다.

— 손님이 참치 캔을 들었을 때, 아래에 있는 캔 하나
를 건드렸더라고. 한 프레임 만에 캔이 없어진 거라면 떨
어졌을 거라고 생각했지.

— 그럼 수평 테스트하시려고 포스트잇을 모니터에 붙인 거고요?

— 그렇지, 옆에 있는 사물이랑 수평 비교하려고. 경사가 심하지 않으니 무거운 상품들은 굴러떨어질 일이 없지만, 참치 캔이나 작은 과일 같은 건 사람들이 오다가다 툭 건드리면 쉽게 굴러떨어져 버리는 거지. 그리고 참치 캔이 있던 진열대 표면이 다른 칸에 비해 유난히 빛 반사가 심한 거 봤어? 코팅된 장판이라 미끄러지기 딱 좋은 조건이잖아.

그렇게 말하면서 제 스스로 뿌듯해하는 대아를 보는 혜인이 옅게 미소 지었다. 주차된 차의 트렁크를 열어 점주에게 받은 커피믹스와 참치 캔을 넣는데, 길냥이 한 마리가 다가와 종아리에 몸을 비볐다.

— 얘 봐요. 억울한 누명 풀어 줬다고 고마운가 봐요.

작고 검은 고양이는 혜인의 말에 대답하듯 냥냥거리며 대아의 발 주위를 계속 뱅글뱅글 돌았다.

— 배고파? 이거 먹을래?

혜인이 참치 캔 하나를 들고 뜯으려 하자, 대아가 혜

인을 말렸다.

— 고양이한테 사람 먹는 거 주면 안 돼.

"으, 인간미 없어." 혜인이 중얼거리자, 대아가 쪼그려 앉아 고양이를 쓰다듬었다. "사람이 먹는 음식에는 염분 이 많거든." 그러곤 주머니에서 츄르 하나를 뜯어 고양이 에게 내밀었다. 고양이는 대아가 내민 츄르[16]를 잘도 받 아먹었다.

— 많이 억울했지? 맛있게 먹어. 또 억울한 일 있음 찾아오렴.

— 와, 나. 너무 충격적이다. 박사님, 츄르도 들고 다 녀요?

괜히 머쓱해져 고양이 머리를 몇 번 쓰다듬고 차에 올라탔다. 혜인이 조수석에 열린 창문으로 고개를 쑥 내 밀어 경고하듯 말했다.

— 약속한 건 지키시는 거예요.

— 뭘?

— 여기서 끝이라구요, 무료 봉사 끝!

---

16  고양이 간식, 액상 사료

혜인과 올해로 함께 일한 지 6년 차가 되었다. 혜인은 돈도 안 되는 일에 매사 진심인 대아를 나무라면서도 늘 존경하고 있다. 대아도 혜인의 잔소리가 싫지 않다. 직원의 말을 들어서 나쁠 건 없다고 생각하니까.

— 참, 병원은 다녀오셨죠? 약도 빼먹지 않고 드시고 계시고요? 이제 재판 끝나고 혼술은 안 돼요. 절대, 절대!

— 걱정 마, 누구보다 내가 제일 간절하니까. 이제 딸린 식구도 하나 더 늘어날 텐데, 오래오래 일해야지.

대아는 얼마 전부터 연구소에 후임을 뽑기 위한 준비를 시작했다. 후학을 양성할 자신은 없지만 더 늦으면 안 될 것 같아 용기를 내기로 했다. 컨디션이 괜찮을 때 틈틈이 저서도 집필해 노하우들을 정리해 놓으려 한다. 이따금 이런 준비들이 마치 유서를 쓰는 기분이 들 때가 있지만, 반대로 생각하면 오늘 하루가 축복처럼 느껴져 기분이 좀 나아졌다.

— 오늘 재판, 우리가 찾은 증거로 다 발라 버리세요! 빠이팅!

혜인은 대아의 차가 출발하자, 멀어지는 대아를 향해 목청껏 파이팅을 외쳤다. 대아는 혜인의 응원에 조금쯤 힘을 얻어 법원으로 향했다.

오늘은 정 씨의 2심 재판 날이다. 대아가 피고 변호사에게 증인 신청을 한 번 더 해 줄 것을 요청했다. 원고 측 변호사는 조동연이 사임한 후 다른 변호사로 바뀌었다. 1심 이후 한 달여 만에 정 씨는 더 앙상하게 말라 있었다. 억울한 마음을 호소할 곳을 찾지 못한 채로 교도소에서 6개월 넘게 수감되어 있는 정 씨를 보고 있자니, 안타까운 마음에 고개가 절로 떨궈졌다. 형사 재판 당시 날 찾아왔더라면 이렇게 긴 싸움을 하지 않아도 되었을 텐데…. 오늘만큼은 그 어떤 방해 공작에도 흔들리지 않으리라 다짐했다. 정 씨가 영상 속 범인이 아니라는 확실한 증거를 찾았기 때문이다.

대아의 차례, 증인 선서를 한 후 자리에 앉았다.

— 증인, 1심에서 동일인 분석으로 CCTV 속 범인이 피고가 아니라고 하셨는데, 다른 의견 있습니까?

— 판사님, 피고인 헤드셋을 잠깐 뺄 수 있을까요?

정 씨가 착용하고 있는 헤드셋을 빼고, 금은방 주인인 원고 측에서 증거로 제출한 CCTV 영상을 재생했다. 법정 안의 모든 사람이 영상에 시선을 옮기자, 대아는 가방에서 작은 도어벨을 꺼내 살짝 흔들었다. 법정에 찰랑이는 소리가 청아하게 울렸다. 뜬금없는 종소리에 원고 측 변호사와 판사, 피고 측 변호사까지 모두 대아를 쳐다보았지만, 정 씨는 계속 영상을 주시했다. 대아는 작게 피식 웃었다. 역시 예상대로다.

— 피고인은 지금 제가 흔드는 종소리를 듣지 못한 것 같네요. 피고인은 지금 청각 장애 4급입니다. 한쪽 귀는 80% 이상 들리지 않고, 왼쪽 귀만 40% 정도 들리는 수준입니다. 청력 보강 기구인 보청기를 착용한다고 해도 정상 청각으로 생활하기에는 힘든 수준이라고 합니다. 물론 피고는 보청기를 착용하지 않았고요, 변호사님.

대아가 변호사에게 사인을 주자, 피고 측 변호사가 판사에게 정 씨의 청각 상태에 대한 의사의 소견서를 이어 제출했다.

— 판사님, 피고인의 청각 상태에 대한 전문의 소견서를 제출합니다.

대아가 이어 말했다.

― 영상의 2분 13초 구간을 보시면, 마스크를 쓴 범인이 귀금속을 가방에 쓸어 담다가 등 뒤로 도어벨이 흔들리자, 고개를 돌려 확인하는 장면이 나옵니다. 저 소리는 외부에 지나가는 대형 트럭의 지면 진동과 바람에 의해서 흔들리는 작은 소리입니다. 제가 방금 흔든 것보다도 훨씬 작은 소리죠. 피고인의 청각 상태로는 이런 작은 소리에 반응할 수 없습니다.

대아는 영상을 다시 처음부터 재생했다.

― 01시 34분 30초. 화면 우측에 있는 유선 전화기를 유심히 봐 주십시오.

재판정에 있는 모두가 숨죽이며 전화기를 응시했다. 정확히 01시 34분 30초가 되자, 유선 전화기에 전화가 걸려 오며 LED 라이트가 반짝이기 시작했다. 범인은 정신없이 가방에 귀금속을 담다가 전화기 쪽을 홱 돌아봤다. 방청객에서 "뭐야, 소리 들리잖아.", "완전 억지."라며 수군거리기 시작했다.

― 정숙하세요, 정숙! 떠드는 분들은 퇴장 조치합니다.

판사가 호통쳤다. 방청객 사람들 모두 입을 다물었다.

— 감각 반응 속도라는 게 있습니다. 소리가 뇌에서 반응하고 인지하여 반응하는 속도를 말합니다. 보통 0.5 초에서 0.7초 정도 되는데, 영상을 보시면 범인은 전화기의 LED가 빛나고 정확히 0.5초 만에 고개를 돌려 봅니다. 정 씨처럼 청각이 둔한 사람의 경우, 이 감각 반응 속도가 현저히 느리기 때문에 이렇게 빨리 인지하고 반응하기는 힘들겠죠. 원고 측에서는 이 모든 게 우연이라고 할지도 모릅니다. 맞습니다, 우연일 수 있습니다. 그런데 우연이 겹치면 더 많은 증거가 보이는 게 법 영상입니다. 다음 영상도 우연이 될지, 증거가 될지는 판사님이 판단해 주시겠지요.

대아가 사인을 주자, 피고 측 변호사가 준비된 영상을 재생했다.

— 자, 전화가 걸려 옵니다. 범인은 귀금속을 담다 말고 고개를 돌려 전화기를 쳐다봅니다. 그리고 벽 앞에 쭈그려 앉습니다. 저도 처음에는 바닥에 떨어진 순금이라도 줍는 건가 했는데요.

피고 측 변호사는 대아가 미리 준비한 화질 개선 영상을 재생했다. 벽 앞에 쭈그려 앉은 범인의 주변으로 잘 보이지 않던 범인의 손이 보이기 시작했다. 범인이 손에 쥐고 있던 콘센트가 바닥에 떨어졌다. 그리고 전화기의 불빛이 꺼졌다.

원고 측 변호인은 자포자기 상태로 혼잣말을 했다.

— 저 콘센트는 왜 뽑은 거야?

그때 피고 측 변호사가 판사에게 종이 한 장을 제출했다.

— 2024년 3월 1일, 01시 34분 30초. 가게 유선 전화로 걸려 온 수신 내역입니다. 통신사에 확인한 결과, 감정인의 말처럼 01시 34분 30초에 온 전화는 연결 도중 전원이 나가 부재중으로 전환되었다고 확인하였습니다.

원고 측 변호사는 다른 변론은 하지 않고 자리에 앉았다.

— 저는 영상 분석을 할 때 두 눈을 믿지 않습니다. 누구는 그러더군요. 딱 보면 안다고. 하지만 저는 관심법 같은 건 안 씁니다. 과학적으로 입증된 사실을 말합니다. 다시 한번 말씀드리자면 CCTV 속 절도범과 정 씨의 안면 대조 실험 결과, 두 인물이 같은 사람일 가능성

은 약 0.13%이며, 이 확률은 정 씨가 범인이라는 원고 측 주장에 대한 명확한 반증입니다. 그리고 청각 장애가 있는 정 씨가 도어벨과 전화벨 소리에 저리도 빨리 반응한다는 것 역시 과학적으로 불가능하죠.

대아는 강한 어조로 판사를 향해 외쳤다. 그러자 헤드셋을 다시 착용한 피고인 정 씨가 벌떡 일어나 울부짖었다.

— 내가 아니라고 했잖아요, 내가! 아니라고, 나는 훔치지 않았다고. 내 전부를 걸고 맹세했는데, 왜 내 말은 아무도 안 들어줬어, 왜….

정 씨의 설움에 판사도, 변호사도, 방청석에 앉아 있던 사람들도 모두 숨죽인 채 고개를 숙였다.

극악무도한 범죄자에게 벌을 주기 위해서만 법이 존재해선 안 된다. 법은 단 한 사람의 억울한 이가 없기 위해서도 존재해야 한다.

'대한민국 헌법 제11조. 모든 국민은 법 앞에 평등하다.'

오늘 이 재판에 참여한 사람들은 불평등을 목격했고, 사회적 약자인 정 씨는 차별을 몸소 체험했다. 그의 지난 6개월은 누가, 어떻게 보상해 줄 수 있으며, 국가가 그에게서 빼앗은 믿음은 무엇으로 채울 수 있을까.

원고 측 변호사는 다른 의견은 없다며 거의 포기한 듯 최종 변론을 마쳤다. 재판은 그렇게 마무리되었다.

*

대아는 법원 로비를 나서다가 로비의 안내 센터 앞에 멈춰 섰다. 오늘 같이 재판을 한 백승민 변호사가 재판 시작 전에 혹시 오늘 자 법률 신문을 봤느냐고 물어본 게 생각났다. 백 변호사는 재판에 영향을 줄 수 있을지 모르니, 재판이 끝나면 한번 찾아보시라고 넌지시 말했다.

안내 데스크 위에 비치된 법률 신문을 한 부 들고 훑었다. 무슨 특별한 소식이라도 있는 건가. 몇 장을 넘기다 보니 익숙한 이름이 보였다.

**조동연(변시 53회, 조법률 사무소) 변호사 별세**
**2024년 11월 12일, 빈소 삼성서울병원 장례식장 214호**
**- 문상은 12일 오후 3시부터 가능합니다.**

대아는 온몸이 얼어붙은 듯 그 자리에 서 있었다.

― 소식 보셨군요. 조변, 아내 보험금 때문에 조사받고 있었다더라고요.

백 변호사가 대아의 뒤로 서서 말했다.

― 혹시 스스로 목숨을 끊은 건가요?
― 글쎄요, 실족인지 자살인지…. 유서도 없고, 제주 바다에서 발견되었다고 하더라고요. 아내가 실종된 제주, 그 항구에서 말이에요. 참, 인생 그렇죠? 사랑이 뭔지, 참….

백 변호사가 혀를 차며 법원을 나갔다. 대아는 허탈한 한숨과 함께 고개를 들었다. 정의의 여신상 디케가 검과 저울을 들고, 두 눈을 가린 채 대아와 마주하고 있었다. 법은 정의롭고, 만인에게 평등하다는 상징이다. 그런데 과연, 현실도 그럴까. 힘없는 정의는 무력하고, 정의 없는 힘은 폭력[17]이라는 말처럼, 힘없는 정의의 무용함에 모두들 허탈함을 느끼고 있지는 않을까. 우리는 너무 쉽게 누군가를 의심하고 단정한다. 그 사람을 알려하지 않고 보이는 것만 믿으려 한다. 때론 보이지 않는 것에 진실이 숨어 있는 줄은 모르고 말이다.

---

17  프랑스의 철학자, 블레즈 파스칼(Blaise Pascal)

오직 진실을 파헤치는 것이 정답이라고 믿으며 살았다. 선희의 이야기를 쫓으면서도 프레임 밖 진실을 찾으려 애썼다. 그런데 진실에도 승자와 패자가 있는 걸까. 나는 승자인 걸까, 패자인 걸까.

또 한 사람이 목숨을 잃었다. 이토록 허망하고 무력한 진실이라니.

디케 조각상의 가린 눈을 보다가 대아는 눈을 감았다. 앞으로 내가 봐야 할 것은 무엇인가…. 아득해진다.

# 6

[ 수고하셨습니다, 박사님. 정 씨, 무죄랍니다. ]

몇 주 후, 정 씨를 변호한 변호사에게서 메시지가 왔다. 메시지를 한참 들여다보다가 혜인을 크게 소리쳐 불렀다.

— 혜인 씨, 정 씨 무죄 확정 났대! 진짜 잘됐지?

혜인이 방에 들어와 의아한 얼굴을 하고 뚫어져라 쳐다봤다. 어떤 일이 있어도 감정을 크게 드러내는 법이 없던 사람이 저렇게 좋아하는 걸 보니 뭘 잘못 먹은 건지, 아니면 죽을 때가 된 건지 걱정하는 눈치였다.

— 그러게요. 이번 건은 진짜 딱! 무죄가 맞았다니까?

일단은 잘된 일이라 생각하기로 했는지 맞장구를 좀 치다가 슬쩍 대아의 모니터를 봤다. 혜인은 곧바로 고개를 가로저으며 대아의 방을 나갔다.

대아는 기쁜 마음을 가라앉히고 다시 모니터 화면에 눈을 고정했다. 화면에는 동네 아주머니들이 화투를 치는 CCTV가 재생되고 있었다. 얼마 전, 아주머니들끼리 점 100원 판에서 돈을 크게 잃고 밑장빼기에 당했다는 복권방 사장님의 한을 풀어 주고 있었다.

*

여름이 가까워져 오는지 요즘 부쩍 더운 공기로 코가 답답하다. 본격적인 휴가철이 다가오면 사건 사고가 늘어난다. 대아의 연구소에도 익스트림 스포츠, 해수욕, 계곡 다이빙 같은 놀이 도중 생기는 사고가 끊임없이 밀려들어 온다. 일이 없다고 혜인이 투덜거리더라도 올여름은 부디 안전하게 지나갔으면 좋겠다. 대아는 내가 하는 일이 누군가가 곤란하거나 죽어야 하는 일이란 생각에 마음이 가라앉았던 적도 많지만, 그런 무거운 기분은 되도록 오래 갖고 있지 않고 빨리 털어 냈다. 법 영상 분석이 쓸모없는 안전한 나라가 된다면 기꺼이 물러나겠노라고 다짐하면서 말이다.

대아는 복권방 사장님의 한을 후련하게 풀어 준 후, 선영이 알려 준 추모 공원으로 차를 몰았다. 선희의 시신은 찾지 못했지만, 그녀를 기릴 곳을 만들고 싶어서 가족들은 이 추모 공원에 선희의 자리를 마련했다고 했다. 추모 공원으로 들어가기 전, 근처 꽃집에 들렀다. 평소에 꽃을 좋아하던 선희를 떠올리며 선희가 좋아할 만한 꽃을 골랐다. 예뻐 보이는 꽃을 잡히는 대로 골랐더니 색도 모양도 가지각색이라 영 촌스러웠지만, 나름대로 예쁜 것 같아 그대로 포장해 달라고 했다.

대아는 납골당 안으로 들어가 4321호 앞에 섰다. 꽃다발을 바닥에 내려놓고 안치단 유리문 너머 선희의 사진들을 바라봤다. 가족들이 선희의 사진과 선희가 좋아하던 인형들로 안치단을 꾸며 놓았다. 활짝 웃는 아이였던 선희가 어른이 되기까지 찍었던 사진들을 보고 있자니, 울컥하는 마음을 억누를 재간이 없었다. 선희가 정말 떠나 버렸다는 게 실감이 났다. 그중에는 대아가 찍어 준 선희 사진도 보였다. 동아리에 가입해, 집에 굴러다니던 수동식 필름 카메라로 제일 먼저 촬영한 사진이었다. 초점이 나가서 선희의 얼굴이 흐리게 나왔지만, 선희는 사진이 마음에 든다며 달라고 졸랐다. 그 사진을 선희가 여태 가지고 있는 줄은 몰랐다.

— 잘 지내니? 잘 지냈으면 좋겠다. 그곳은 그늘도 없고, 어둠도, 아픔도 없기를. 아프지 말고, 언제나 환히 웃던 네 모습으로 지내기를…. 가끔 들를게. 나는 계속 늙고, 너는 계속 환히 웃는 그 모습 그대로겠다. 나 많이 늙었다고 놀리지 마라. 나중에, 나중에 꼭 다시 만나자.

시큰한 코를 괜히 매만지며 마지막 인사를 하고 돌아서려는 그때, 대아는 발을 멈춰 다시 안치단을 바라보고 섰다. 사진의 액자들 사이로 흐리게 비친 글씨가 보였다. 클립으로 세워 둔 사진의 뒷면에 쓰인 글자가 뒤에 있던 사진 액자에 반사되어 비쳤다. 스마트폰을 꺼내 희미한 글자를 촬영했다. 빛 반사가 가장 잘되는 위치를 찾으려 카메라를 이리저리 돌렸다. 사진을 촬영한 후 스마트폰 보정 기능으로 사진 속 글자의 선명도를 높이자, 낯익은 글자가 보였다.

파이팅. 넌 뭐든 잘할 수 있어.

대아가 15년 전에 쓴 메모였다. 선희에게 사진을 주기 전, 대아는 뒷장에 메시지를 적었다. 그런데 아랫줄에 다른 글씨체로 쓰여진 문장이 또 있었다.

**선배도 파이팅!**

선희가 답장을 썼었구나. 대아는 단번에 선희의 글씨체를 알아봤다. 다시 힘내라는 말을 전하려고 선희가 나를 여기로 불렀구나. 그럼 다시 시작해 봐야지. 그만둘 수 없지. 두 눈이 버텨 주는 그날까지는 내 힘이 닿는 데까지 해 봐야지. 억울한 사람이 없게 하자. 진실을 말하는 일이 가장 당연하며 쉬운 일이지만, 돈에 유혹당해 할 말을 못 하는 추잡한 짓은 하지 말자. 당연히 해야 할 말은 당당히 하자. 진실에 승자와 패자 따위 있을 거란 생각일랑 접고, 묵묵히 하자. 살자.

납골당을 나섰다. 주머니를 뒤지자, 남은 목캔디 하나가 만져졌다. 선희를 찾으러 제주에 가던 날을 생각하며 목캔디 껍질을 까서 입안에 넣고, 혀로 굴리며 낮게 읊조리듯 말했다.

— 그래, 할 때까진 하자.

언젠가 내가 남긴 사진들을

선배가 모두 읽어 준다면,

조용히 소주 한 병 같이 나누어 마시자.


김밥에 컵라면 곁들여 너 한 잔, 나 한 잔.

그렇게 마시다 시원한 목캔디 하나 씹어 삼키고

시원하다! 소리 치자.


그때까지 열심히 살아.

그날 술은 내가 살게.

황민구

# 너는 그럴 사람이 아니야

　지금까지 많은 의뢰인을 만났다. 사람을 살해한 사람, 억울한 누명을 쓴 사람, 소견서를 유리하게 써 달라고 떼를 쓰는 사람, 불리한 소견서를 받아들이지 못하고 협박하는 사람 등…. 그중에서도 가장 어려운 의뢰인은 희생자를 찾는 사람이다.

　몇 년 전, 한 중년의 여자가 나를 찾아와 억울한 딸의 한을 풀어 달라고 했다. 그날의 상황은 주변 차량의 블랙박스에 모두 기록되어 있었다. 사건 당시 여자의 딸과 딸의 친구는 이륜차를 타고 도로를 달리고 있었다. 그러나 비틀비틀 곡예 운전을 하다 코너 구간에서 중심을 잃고 전복되고 말았다. 두 사람은 이륜차가 전복되면서 생긴 원심력에 의해 허공으로 날아가 도로에 떨어졌다. 두 사람 모두 의식은 없어 보였다.

— 선생님, 영상에서 다른 차량의 충격 없이 혼자 쓰러지는 것이 확인되는데, 제가 뭘 도와드려야 하나요?

솔직히 나는 영상을 보고 혼자 전복된 사건이라 의뢰인에게 의문을 품었다. 하지만 떨리는 목소리로 조심히 전하는 여자의 말을 끝까지 듣고 나서야 여자가 찾아온 이유를 알 수 있었다.

— 영상 속에 운전하는 사람은 우리 아이가 아니에요. 친구가 운전했고, 우리 딸은 뒤에 탔을 뿐이에요. 저 친구가 우리 딸을 죽인 거라고요. 그런데 경찰에서도, 도로 교통 관리 공단에서도 전부 우리 딸이 운전했대요. 우리 앤 저런 이륜차는 운전할 줄 모른단 말이에요.

의뢰인의 말을 듣고 영상을 확인하자, 충분히 착오할 수 있다고 생각했다. 저화질의 블랙박스 영상만으로는 얼굴을 식별하기가 어려울뿐더러, 블러링이 심해 옷의 색상도 구분하기 힘들었다. 하지만 몇 가지 영상 처리 기법을 적용하면 운전자의 착의를 확인할 수 있으리라는 판단이 들어 정식 의뢰를 받기로 결정했다.

얼마 후, 운전자의 착의를 특정할 수 있는 몇 가지 단서를 찾았다. 운전자는 청색 바지에 흰색 상의를 입고 있었다. 뒷자리 동승자는 갈색 계열의 상의와 반바지를 입고 있었다. 두 인물을 완전히 분리할 수 있는 증거를 찾았다. 이제 의뢰인이 원하는 진실을 밝힐 수 있다는 생각에 들떴다.

— 선생님, 저 황민구인데요. 분석 결과가 나왔습니다. 따님이 당시 입은 옷을 알 수 있는 수사 자료나 현장 사진들을 주실 수 있으신가요?

— 박사님, 제가 정리해서 보내 드릴 텐데요. 우리 딸은 당시에 흰색 반팔 상의에 청색 바지를 입고 있었어요. 그건 분명해요. 혹시 결과가 어떻게 나왔나요? 우리 딸이 운전한 게 아니죠?

나는 잠시 말을 잇지 못하고 감정 결과는 정리해서 감정서로 보내 드리겠다고 하고서 전화를 끊었다. 차마 유선으로 운전자가 딸이라는 말을 꺼내기는 힘들었다. 이런 일이 자주 있는 편이지만, 여전히 결과를 보낼 때는 마음이 무겁다. 최종 결과 내용을 정리하고 혜인 실장에게 검수 후 의뢰인에게 전송하라고 부탁했다. 그리고 얼마 후.

— 박사님이시죠? 감정서 받아 보고 황당해서 전화했어요. 어떻게 이러실 수 있죠? 모든 게 엉터리로 분석되어 있어요. 내 눈에는 박사님의 결과와 같은 청색 바

지와 흰색 티가 보이지 않아요.

— 음…. 의뢰인께서는 눈으로 보신 것이고, 저는 컬러 정보로 판단했습니다. 그 결과, 흰색과 청색이었습니다. 이건 다른 전문가에게 가더라도 이견이 있을 수 없습니다.

— 순 엉터리…. 내 딸의 옷과 착의는 내가 더 잘 알아요. 멀리 있는 형상만 봐도 알 수 있단 말이에요. 저는 매일같이 우리 딸이 죽는 장면을 보고 있어요. 분명히 우리 딸은 혼자 죽은 게 아니에요. 그 친구가 죽인 거예요.

떨리는 목소리로 통곡하는 의뢰인의 목소리를 가만 듣고 있자 슬슬 인내심의 한계가 일었지만, 그저 들어줘야만 했다. 멍하니 다른 생각을 하니 의뢰인이 치는 큰 소리가 점점 멀어졌다. 그리고 불현듯 선희가 떠오르기 시작했다.

몇 년 전, 제주도 출장 중 문자 한 통을 받았다. 부고 문자였다. 부고 문자에는 '선희'라는 이름이 있었다. 바쁜 나머지 문자를 흘겨보고, 선희의 가족 중 한 분이 돌아가신 것으로 생각했다. 설마 선희의 부고라고는 생각지도 못하고, 계좌로 부의금을 입금했다. 조만간 서울에서 선희를 만나 위로의 말을 전해야지, 생각했다.

그리고 몇 개월이 지난 후, 후배들과의 술자리가 잡혔다.

— 형, TV에서 많이 봐요. 완전 안 나오는 데가 없어. 오늘 형이 술 사요. 먹고 죽게.

— 그래, 많이들 먹어라. 내가 다 살게. 그런데 요즘 선희는 뭐 하니? 내가 위로주 한잔 사야 하는데, 전화 한 번 해 볼까?

주변에 있던 후배들은 갑자기 들고 있던 잔을 내려놓으며 한숨을 쉬었다. 어떤 놈은 나를 째려보기까지 했다.

— 야! 다들 왜 그래? 선희 결혼해서 잘 살고 있잖아. 무슨 일 있어?

— 형! 장난쳐? 선희 죽었잖아. 진짜 몰라서 그래? 선희 이야기는 하지 말자, 형.

나는 도통 후배들의 말을 알아들을 수가 없었다. 그러다가 여러 명이 한꺼번에 나를 향해 이야기했다. 선희가 죽었다고. 사인도 모르고, 어디에 묻혔는지도 모른다고. 사고사는 아니고, 자살이라는 말도 누군가의 입에서 흘러나왔다. 나는 아무 말 없이 맥주잔에 소주를 가득 채워 입에 털어 넣었다. 나도 모르게 주체할 수 없이 눈물이 났다. 펑펑 울고 있는 나를 후배들이 토닥여 주다가, 한 놈이 나를 끌고 밖으로 나갔다.

— 형, 나는 선희 장례식에 형이 안 와서 선희도 잊을 정도로 바쁜 인간인 줄 알고 얼마나 욕했는지 몰라. 그런데 그게 아니었구나. 오해했어. 미안해.

— 씨팔. 담배나 한 대 줘 봐. 오늘은 한 대 피우고 싶다. 몸이 너무 떨리고 진정이 안 되네.

나는 그 자리에서 담배를 세 개나 태워 버리고, 퍼부은 술들을 화장실에서 모두 게워 내고 나서야 정신을 차릴 수 있었다. 이후 며칠 동안 잠도 제대로 잘 수 없었다. 간혹가다 새벽에 깨서 멍하니 선희의 SNS에 있는 사진들을 다운받아 동생의 모습을 보며 흐느껴 울었다. 그렇게 모은 사진만 100여 장. 혼자 쓸데없는 생각을 하기 시작했다. 선희는 자살할 사람이 아니라고, 누군가 선희를 죽였을 거라고. 혹시 이 사진들에 진실을 풀어 줄 수 있는 단서가 있지 않을까 하는 생각을 하며 하염없이 사진을 살폈다. 점점 나도 미쳐 가는 듯했다. 그리고 얼떨떨할 정도로 술을 마시고, 답장도 받지 못할 선희에게 짧은 메시지를 남겼다.

[ 오빠가 너 억울한 거 풀어 줄게. 알았지, 선희야. ]

전화기 너머 의뢰인의 목소리가 아득하게 들리다가 얼른 정신을 차리고 의뢰인에게 괜찮냐고 물었다. 의뢰인은 한숨을 쉰 후, 못다 한 이야기를 하기 시작했다. 속으로 생각했다. 내가 선희를 그리워하고 자살할 사람이 아니라며 스스로 위로하듯, 의뢰인도 자기 딸은 그럴 아이가 아니라며 위안 삼고 있을 것이다. 지켜 주지 못한 죄책감을 그렇게라도 풀어내고 싶은 것이다. 그래서 조금 더 의뢰인의 야단을 듣고만 있었다.

사람들은 어떤 일이 생기면 희생자를 찾는다. 진실은 그리 중요하지 않다. 혹시 죽은 이에 대한 미안함과 그리움으로 상처받지 않기 위해 다른 희생자를 만드는 게 아닐까? 하지만 이들을 마냥 탓할 수만은 없다. 사랑하는 이를 떠나보낸 누구라도, 의뢰인과 나 같은 생각을 한 번은 해 봤을 거다. 인간은 태초에 그렇게 만들어졌고, 그래야만 미치지 않고 살 수 있는 게 아닐까?

이 소설은 이렇게 탄생했다. 나도 희생자를 찾고 싶었던 것이다. 그래야만 이 억눌린 슬픔을 풀 수 있을 것이라고 생각했다. 그리고 소설로나마 그날의 진실을 상상으로 찾음으로써 필자 스스로 선희를 편히 보내 줄 수 있게 되었다. 나는 사후 세계를 믿는다. 생을 마치면 이 책을 들고 선희를 만나 꾸짖듯 머리를 쥐어박고 이렇게 말하고 싶다.

"이 책을 쓰게 해 줘서 고마워. 근데 딱밤 한 대만 맞
자. 말도 없이 떠난 벌로."

*

## 우연한 기회
## 그리고 고마운 분들

이 책이 있기 몇 년 전, 「천 개의 목격자」를 주제로 지
금까지 해 온 일들을 일기식으로 정리한 에세이를 집필
했다. 글을 읽어 본 출판사 정해나 편집장님은 좋은 글
이라며 추켜세워 주었지만, 워낙 의심이 많은 성격이라
믿지 않았다. 그런데 와이프가 글을 읽고 잘 썼다는 칭
찬을 했다. 그제야 나도 정말 괜찮은 책이구나 생각했
다. 와이프는 나를 위해 쓴소리를 아끼지 않는 사람이기
때문이다.

얼마 후, 출판사 정해나 편집장님과 둘이 뒤풀이 겸
술자리를 갖게 되었다. 편집장님은 중식당의 룸을 예약해

놓았다고 연락해 왔는데, 남녀 단둘이 술잔을 기울이자니 조금 무서웠다. 많은 성추행 사건을 경험한지라, 사소한 모든 순간을 경계하는 건 어쩔 수 없는 직업병이었다.

나는 편집장님이 관심 가질 만한 소재를 꺼내 대화를 이어가려 했다. 평소에 생각하고 있었던 이야기가 소설로 쓰일 수 있을지에 대한 궁금증. 내가 할 수 있을까? 라는 의심을 품고 편집장님에게 이야기보따리를 풀었다. 그 이야기가 바로 선희 이야기였다. 한참 흥이 나 내가 생각했던 시놉시스를 숨김없이 말했다. 대화하면서 마신 고량주가 쓴지도 모르고 계속 주절거렸다. 혹시나 편집장님이 지루해할까 봐 조금 걱정됐지만, 강의를 많이 해 본 나에게 청중의 상태를 읽는 건 그리 어렵지 않았다. 편집장님은 대화 내내 궁금한 것을 물어보며 선희 이야기에 빠져들었다. 그리고 얼마 후 눈물을 흘리며 슬퍼하는 표정을 보고, 이건 소설로 남겨도 되겠다는 생각이 들었다. 이 책의 시작은 이렇게 중국집 술자리에서 시작되었다.

[ 박사님, 그때 말씀해 주신 이후로 소설 같이 써 주실 작가님들을 좀 알아봤는데요. ]

한 달 후, 편집장님이 보내온 카톡 메시지. 술 먹고

주저리 떠든 이야기가 설마 소설이 될 수 있을까 걱정했었는데, 편집장님은 벌써 기획을 하고 있었다. 추진력이 좋은 분을 만났다고 생각하니 모든 게 든든했다. 참 고마운 분이다. 이 책이 흥해도 같이 즐거워하고, 망해도 같이 욕먹을 한 팀이 있어 다행스러웠다. 그리고 이런 사람이 한 명 더 있다. 정해나 편집장님이 추진력이 있다면, 이 사람은 필력과 속도에서 누구도 따라갈 수 없는 사람이다. 바로 이도연 작가님.

이 소설의 공동 작가님으로 처음 미팅하던 날, 통성명은 잠시일 뿐 책 내용에 심취해 있던 분이다. 내 이야기에 감정 이입을 하시며 커피숍에서 눈시울을 붉히신 모습에 함께해도 괜찮겠다는 생각이 들었다. 내가 쓴 시놉시스를 받아 보고, 내가 할 수 없는 필력으로 문장을 만들어 가는 것이 해리포터의 마법사 같았다. 심지어 내가 하는 일을 옆에서 관찰하고 싶다며 재판에까지 찾아와 멋진 법정 싸움(내가 이겼기에 다행이다.)을 관람하고, 이 책에 그날 목격한 내용을 소설로 담아냈다. 대아가 소설에서 처음에 맞이하는 절도 사건의 피고인 이야기는 실화다. 안산법원에서 내가 맡은 사건이었으며, 이도연 작가님이 방청석에서 관람한 사건이다. 재판이 끝난 후 커피숍에서 작가님은 한탄을 늘어놓았다.

그날의 대화는 이랬다.

— 저는 재판에서 억울한 사람이 없을 줄 알았어요.

— 아니, 저 피고인은 왜 저기 있어요? 동일인이 아니 잖아요.

— 법이 원래 저런 거예요? 진실에는 관심이 없어 보여요.

— 사람들은 모를 거예요. 현재에도 이런 일이 벌어진다는걸.

— 혹시 억울한 사람들이 교도소에 많이 있는 거 아니에요?

내가 싸우며 경험한 이야기를 주변 사람들에게 늘어놓으면, 다수가 믿지 않고 웃어넘긴다. 그래서 내가 거짓말쟁이가 된 것 같은 느낌을 받을 때가 한두 번이 아니었다. 그런데 도연 작가님은 현장에서 내 모습을 목격한 증인이었으며, 진실을 찾아가는 과정을 싸늘한 법정에서 지켜봐 주신 분이다. 그래서 이 책에 내가 말하고자 하는 바를 누구보다 잘 표현해 주었다. 진실을 알고 싶고, 알리고 싶으며, 그 누구도 억울한 유죄를 받지 않기를 바라는 법 영상 분석가 황민구의 이야기를 도연 작가님만이 쓸 수 있었던 것이다. 감사합니다, 이도연 작가님.

이제 이 책의 흥망에 함께하실 두 번째 팀원이 되셨습니다. 이 책이 망하든 흥하든 정해나 편집장님, 이도연 작가님, 걱정하지 마세요. 다음 시놉시스도 준비되어 있습니다. 파이팅!

*PS. 옆에서 항상 든든한 응원자가 되어 준
사랑스러운 내 와이프. 항상 고맙고,
당신이 사라져도 대아처럼 꼭 찾으러 갈게.
난 당신을 제일 잘 아는 영상 분석가니까.*

이도연

# 무엇을 보며 살 것인가

TV에서 황민구 박사님을 꽤 오랫동안 봐 왔습니다. 언제부터 봤냐 하면 기억이 안 날 정도로 오래된 것 같습니다. 박사님이 아주 날씬하셨던 시절부터일까요? 미디어에 나오는 콘텐츠들을 모두 진실이라고 생각하지는 않습니다만, 〈그것이 알고 싶다〉에 종종 등장하는 프로파일러, 법의학자, 법 영상 분석가, 국회 입법 조사처 연구원 등 전문가들의 말에 어쩐지 진심을 느꼈습니다. 프로그램 속 전문가들은 우리 모두가 안전하기를, 나쁜 일은 피해 가기를, 만약에 피하지 못했더라도 국가가 보호해야 함을, 이제라도 각성하고 안전망을 설치하자고 입을 모아 말했습니다. 황민구 박사님을 처음 만난 날도 그런 느낌을 받았습니다. 다른 전문가들에 비해 방송에서 개인적인 감정을 잘 드러내지 않으셨던 걸로 기억되

어 좀 건조한 분일까 걱정했는데, 기우였습니다. 뜨거우
리만치 열정적이었고, 누구보다 진실과 약자의 편에 서
는 걸 두려워하지 않는 분이었습니다.

처음 출판사에서 공동 창작 의뢰를 받았을 때는 팬
심으로 책에 사인이나 받고 오자는 심정으로 나갔습니
다. 한데 두 분이 이 책을 왜 기획했는지, 반드시 이 이
야기를 책으로 만들고 싶다는 진심을 보여 주셔서, 그만
저도 내 이야기처럼 빨리 흡수할 수 있었습니다. 실제
박사님의 대학 후배분의 이야기가 모티브가 되었기 때
문에 조심스럽기도 했습니다. 그래서 더욱 잘 쓰고 싶었
고, 모든 문장에 더욱이 진심이어야 한다는 마음으로 임
했습니다. 황 박사님께 감히 부탁드려, 박사님이 감정인
으로 증언하는 재판을 방청하기도 했습니다.(2023년 10
월에 방청한 재판이 소설의 모티브가 되어 앞과 뒤를 묵
직하게 채워 주었습니다.) 재판이 끝나고 마음속 깊은
곳에서 뜨겁고 험한 무엇인가가 올라오는 걸 느꼈습니
다. 멀리서 듣던 얘기들이 눈앞에 사실로 펼쳐졌을 때의
충격이란…. 울화통이 치밀었달까요. 너무 속이 상해서
황 박사님 앞에서 눈물까지 흘렸습니다. 주책맞게 과몰
입한 저를 보고 박사님이 얼마나 웃었을까요. 창피함을
획득한 대신, 소설에 더 진심으로 몰입할 수 있게 되었

습니다.(다행히 그날 재판은 소설처럼 원심을 뒤집고 무죄가 선고되었습니다.)

저는 소심한 정의론자입니다. 공정한 것이 좋고, 땀 흘려 버는 돈이 귀합니다. 잘못하면 벌을 받아 마땅하고, 그 규칙에는 나 자신도 예외는 없다고 생각합니다. 사람들 앞에 서서 소리 높여 정의와 공정을 외치진 못하지만, 소심하게나마 문장으로 정의와 공정을 외칠 수 있으니, 작가란 직업이 아주 만족스럽습니다. 선희를 집필하면서 황 박사님께 가장 처음으로 한 질문이 "독자들이 이 책을 다 읽고 나면 어떤 메시지를 받았으면 좋을까요?"였습니다. 황 박사님의 메시지는 작가의 말에서 충분히 얘기해 주시리라 믿고, 저의 이야기를 하자면 이 소설에서 '희망'을 발견하길 바랐습니다. 선희의 미스테리한 죽음과 대아가 그 죽음을 밝혀나가는 이야기는 요즘 유행하는 정의 구현물이나 참 교육물 같은 속 시원한 결말은 아닐 수 있습니다. 대아는 여전히 자신의 난치병을 가지고 살아가야 하고, 선희의 시신은 끝내 찾지 못했으니까요. 하지만 세상에는 사이다를 마신 듯 통쾌한 이야기만 있는 건 아닙니다. 어둡고, 찝찝하고, 불편한 진실도 있기 마련입니다. 어쩌면 그런 일들이 대부분일지도 모릅니다. 그런데도 우리는 희망을 찾아 나가야 합니다.

끝끝내 하는 데까지는 해 보자는 대아의 결심처럼 말이
죠. 독자분들의 소화를 돕기 위해 참치 캔을 훔친 범인
을 잡고, 성추행을 당하고도 꿈을 꾼 거라 몰리던 여직
원을 돕고, 억울하게 옥살이하던 정 씨가 결국 무죄로
풀려나는 직관적인 희망도 함께 쓰였습니다. 세상은 어
쩌면 살아볼 만하다고 말이죠.

　이렇게 정의에 진심인 제가 이 이야기를 쓸 수 있어
서 영광이었습니다. 내 안에서 외치고 있던 진실과 정의
를, 대아를 통해 외칠 수 있어 후련했습니다. 저를 이 책
에 어울리는 공동 저자로 추천해 주신 정해나 편집장님
께도 정말 감사드립니다. 로맨스 외길을 걷고 있어서 다
른 장르에 겁이 나기도 했습니다. 정해나 편집장님께서
작가님은 '할 수 있다'라는 확신을 갖고 추천해 주신 덕
분에 옆길로 새는 방법도 배울 수 있었습니다. 디자이너
로, 그리고 작가로 오랫동안 창작 생활을 하면서, 필요
에 의한 도구로 취급당하는 일이 많았습니다. 하지만 정
해나 편집장님과 박사님과는 서로 따뜻한 말을 주고받
으며 한 팀이라는 생각으로 협업할 수 있어 행복한 여정
이었습니다. 처음 써 보는 장르에 기죽지 않도록 글이 너
무 좋다고 거짓말이라도 성심성의껏 해 주신 두 분 덕분
에 경주마처럼 이야기를 마칠 수 있었습니다. 귀한 이야

기를 만들어 주시고, 기술적인 조언과 긴장감 있는 스토리로 엔딩까지 길을 잃지 않도록 이끌어 주신 황 박사님, 공동 작업의 재미를 일깨워 주심을 다시 한번 감사드리며 긴 글 마치겠습니다.

참, 이도연 전용 안심 보호 구역이 되어 주는 남편에게도 고맙고 사랑한다는 말을 전하고 싶습니다.

대아처럼 언제나 당연한 말을 당당하게 할 수 있는 사람으로 살겠습니다.

# 선 희

**1판 1쇄 인쇄** 2024년 12월 03일
**1판 1쇄 발행** 2024년 12월 11일

지 은 이  황민구·이도연

**발 행 인**  정영욱
**편집총괄**  정해나
**기획편집**  박주선
**마 케 팅**  이다은 정지은 박건우 원희성 김현서

**펴낸곳**  (주)부크럼
**전 화**  070-5138-9971~3 (도서기획제작팀)
**홈페이지**  www.bookrum.co.kr
**이메일**  editor@bookrum.co.kr
**인스타그램**  @bookrum.official
**블로그**  blog.naver.com/s2mfairy
**포스트**  post.naver.com/s2mfairy

ⓒ 황민구·이도연, 2024
ISBN 979-11-6214-518-0 (03810)